Storie della B  ini

Fai entrare il tuo bambino nel magico mondo

dei sogni con questa raccolta di favole piene di

dinosauri, draghi, principesse e unicorni

UNCLE TEDDY

Questo libro è di:

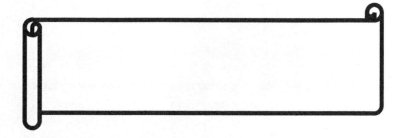

Il tuo regalo

Come ringraziamento per il tuo acquisto, ti regaliamo "Il Libro delle Attività", un libro stampabile con i disegni dei tuoi dinosauri preferiti da colorare, una sezione sudoku per migliorare la matematica divertendosi, e una sezione di ricerca di parole per la memoria e il riconoscimento visivo.

Tutta la famiglia può continuare a divertirsi insieme

Clicca su questo link per scaricarlo gratuitamente

https://BookHip.com/LQPCHJS

Inoltre, seguici su Facebook per un sacco di contenuti quotidiani gratuiti

Sommario

Introduzione

In questo libro troverai molte storie che aiuteranno il tuo bambino ad addormentarsi più velocemente ogni sera. Inoltre, scoprirà nuove abilità che potrà usare per rilassarsi e godere di un sonno profondo e benefico.

Non pensare di non essere non sia in grado di fare questi esercizi, dopo le prime volte risulterà molto divertente ed imparerai una tecnica di rilassamento che potrai usare per tutta la vita.

Prima di iniziare con le storie, voglio parlarti dell'importanza di una routine della buonanotte.

Hai una routine della buonanotte?

Questa routine non è altro che qualcosa che fai ogni sera per prepararti ad andare a letto in modo che quando ti sdrai, sai di essere pronto per un sonno profondo.

La routine ti aiuta a non farti distrarre dai tuoi pensieri durante questa fase delicata.

Le azioni da fare prima di andare a letto variano da persona a persona, ma dovrebbero sempre includere lavarsi i denti, pettinarsi e mettersi un pigiama comodo.

Puoi anche bere un sorso d'acqua, controllare che il tuo letto sia comodo e prendere il tuo peluche preferito. Infine, non dimenticare di dare la buonanotte alla tua famiglia.

Cos'è e come usare la tecnica di visualizzazione

La visualizzazione avviene quando usi il potere del tuo cervello per creare un'immagine vivida e dettagliata che ti sembra vera!

Per iniziare la tua pratica di visualizzazione, chiudi gli occhi. Seriamente, chiudi gli occhi (a meno che non sia tu a leggere questo libro, naturalmente!).

Per costruire una visualizzazione potente di solito è utile, per prima cosa, centrarsi e dare al cervello il miglior strumento di cui ha bisogno per lavorare: ossigeno! E ossigeno significa fare dei respiri profondi, profondi.

Inizia a fare dei respiri lenti e profondi, seguendo le mie istruzioni:

Inspira molto lentamente, 1 - 2 - 3 - 4.

Ora espira molto lentamente, 1 - 2 - 3 - 4.

Eccellente.

Ora di nuovo, molto lentamente, 1 - 2 - 3 - 4 ed espirate di nuovo molto lentamente, 1 - 2 - 3 - 4 molto bene.

Di nuovo, molto lentamente in 1 - 2 - 3 - 4 e di nuovo molto lentamente, 1 - 2 - 3 - 4. Eccellente!

Prenditi un momento per capire come ti senti. Sei a tuo agio? Bene, ottimo.

Vedrai che fare questo esercizio ti aiuterà tantissimo e i tuoi sogni saranno bellissimi e pieni di colori.

Puoi iniziare a leggere le favole..

La scoperta

Per molti anni, in alcune parti del mondo, gli esseri umani e i dinosauri, riuscivano a coesistere rispettando le abitudini reciproche e creando un ambiente pacifico tra le due specie.

Questo però non succedeva ovunque, alcuni luoghi erano abitati solo da dinosauri e altri solo da umani.

Si pensava che la comprensione e il rispetto tra le due specie avveniva solamente quando una accettava l'altra, dal profondo del cuore. Questo spiegava il motivo per cui quando un umano non accettava un dinosauro, o viceversa, le due specie non riuscivano coesistere perché nascevano delle cattive vibrazioni che li facevano scontrare.

I dinosauri, dal canto loro, diffidavano degli umani, pensavano fingessero i loro sentimenti, per cercare di nascondere qualcosa mentre loro erano di natura troppo sincera.

Probabilmente anche questo influì su un buon rapporto tra le due specie, alcuni dinosauri, sentendosi superiori agli umani, reclamavano la terra migliore e più grande, relegando gli umani in altri luoghi, piccoli e con poco cibo.

In questo grande mondo c'erano, fortunatamente, tante eccezioni. Molti umani erano in grado di accettare i dinosauri con la loro sincerità e le loro diverse personalità, e alcuni dinosauri erano in grado di capire gli umani con i loro molti difetti.

Il mondo sembrava un intenso dibattito di accettazione, alcuni erano a favore, altri contro. In alcuni luoghi si viveva meglio e in serenità, mentre, in altri luoghi, c'erano più dibattiti, scontri e litigi.

Una delle più grandi eccezioni fu un umano, che non solo si prese la responsabilità di accettare i dinosauri dal profondo del suo cuore, ma si dedicò a studiarli, comprenderli con l'obbiettivo di instaurare con loro un profondo legame cuore a cuore. Era un paleontologo di nome Isaac.

Isaac, fin da piccolo, mostrò una grande intelligenza per capire anche le cose più difficili. Era considerato un piccolo genio precoce, sempre un passo avanti agli altri, tutto grazie al suo intelletto.

Alla scuola elementare, mostrò un grande talento, la memoria fotografica, riusciva a trattenere tante informazioni, motivo per cui si diplomò in giovane età.

Per quanto Isaac fosse perspicace, non poteva risolvere da solo il grande dibattito in cui si trovava il mondo. Tuttavia, avrebbe fatto tutto il possibile per contribuire poiché, dopo tutto, la decisione di un miglioramento dipendeva da ogni persona e da ogni dinosauro.

Man mano che Isaac cresceva, studiava la tecnologia per capire come stabilire una comunicazione tra i dinosauri e gli umani in modo da creare un buon legame e vibrazioni positive tra le due specie.

Questo suo grande sogno non era per niente facile, dato che gli umani comunicavano attraverso le parole e i dinosauri si capivano con i ruggiti e grugniti. Non si trattava nemmeno di interpretare una lingua, era qualcosa di sconosciuto fino a quel momento.

Ma i sui grandi doni, la genialità e l'inventiva, non sarebbero rimasti solo parole, Isaac era un uomo di fatti, lavorava e studiava duramente ogni giorno per realizzare il suo sogno e la sua invenzione sarebbe diventata presto realtà.

Nel corso degli anni, creò numerose invenzioni, ma non ebbero alcun effetto rilevane nella comunicazione tra dinosauri e umani.

Molti suoi amici e compagni si arresero dicendo che erano stati buoni tentativi, ma non era possibile realizzare il suo sogno.

Nel frattempo tutto il mondo continuava a discutere, molte persone smisero di credere che una convivenza globale fosse possibile, ma Isaac non si arrese mai, non pensò nemmeno per un momento di perdere la fede, nemmeno nei momenti più difficili.

Alla fine si mise al lavoro con un progetto chiamato Mord Yx.

Mord Yx era un traduttore internazionale con il compito di raccogliere centinaia di ruggiti basati sui comportamenti che i dinosauri avevano quando facevano questo suono, per creare una possibile risposta alle domande degli umani.

All'inizio era solo un prototipo, ma era uno di quelli che dava i risultati migliori, riportando la speranza nel mondo.

Isaac andò in ogni casa, città, grotta, foresta, in ogni angolo dove si trovava un dinosauro, per testare la sua invenzione e completarla con successo.

Un giorno andò ad indagare in una misteriosa grotta in una piccola città fantasma. Si diceva che gli abitanti se n'erano andati perché c'erano state delle divergenze tra loro e un misterioso dinosauro che non li aveva capiti.

Isaac sapeva che era un compito difficile, ma più reazioni di diverse specie e personalità di dinosauri aveva sulla sua invenzione, più possibilità aveva di riuscirci.

Fece un giro nella città abbandonata, ed era certamente triste dato che tutti avevano abbandonato le loro case. Sembrava un bel posto, tranquillo e prospero. L'unica cosa negativa era che c'era un dinosauro che non amava condividerlo.

Finalmente raggiunse il sotterraneo e sentì solo un grande ruggito che gli fece venire la pelle d'oca. Non avevo mai sentito niente di simile prima e che avevo avuto a che fare con diversi dinosauri, ma questo era qualcosa di diverso.

La Mord Yx non reagì; sembrava che non riconoscesse quel ruggito così pieno di intrighi a Isaac che si avventurava nel sotterraneo.

Camminò per un po' e vide che il posto era più grande di quanto pensasse. Sembrava che esistesse da anni, forse da secoli. Lì vide una grande sagoma che lo copriva completamente. Era il corpo di un T-Rex, anche se era molto più grande e molto più agile nei movimenti.Isaac pensò che fosse un T-Rex che si era allontanato dal suo branco o semplicemente una variante di questa storica specie di dinosauro. Ma il suo pensiero cambiò quando allargò le grandi ali, e si vide che aveva due grandi corna.

La mascella di Isaac cadde perché un T-Rex non aveva le ali e meno corna, per non parlare delle sue grandi dimensioni. L'animale finalmente uscì dal suo nascondiglio, e Isaac poté vederlo in tutto il suo splendore.

Questo era un dinosauro volante molto grande, il doppio del T-Rex, le sue ali spiegate potevano coprire quasi tutta la grotta. Ma questa non era la cosa più impressionante; il suo corpo era completamente nero, con le sue grandi ali bianche e le corna dorate.

Per quanto Isaac cercasse negli archivi e nei libri che aveva a portata di mano in quel momento, non trovò nulla di simile. Non c'era dubbio, aveva scoperto un nuovo tipo di dinosauro.

Il dinosauro fece un grande ruggito e poi ruggì.

"Chi osa interrompere il mio riposo? Umano, identificati!"

Isaac rimase scioccato da quello che sentiva, si girò a guardare la sua Mord Yx, ma continuava a comportarsi come sempre, nessun indizio di traduzione. Non riconosceva le frequenze di quel grande dinosauro. Allora cos'era che aveva sentito?

Isaac stava pensandp se quello che aveva sentito fosse reale o era stato vittima della sua immaginazione, ma questi pensieri furono interrotti dal dinosauro che esclamò.

"Dammi la tua risposta, umano!"

Fu allora che Isaac, preso dallo stupore, smise di pensare e decise di rispondere al dinosauro perché non aveva nulla da perdere. Forse lo stava ascoltando, non era un gioco della sua mente.

Isaac alzò la testa e rispose: "Puoi capirmi?".

"Certo che posso capirti, umano! Non sai chi sono?" Rispose il dinosauro.

Isaac pieno di intrigo e curiosità gli chiese: "No, mi dispiace, non lo so. Chi sei tu? Perché non ho visto nessun altro dinosauro con le tue caratteristiche?".

Quel maestoso dinosauro ruggì di nuovo e gridò: "Io sono Athan, uno dei primi dinosauri a camminare su questa terra ancor prima che voi umani appariste. Nessuno ha le mie qualità, poiché sono un ibrido metà dinosauro e metà drago. Sono considerato una creatura storica e unica al mondo".

Isaac, deglutì a fatica, non si aspettava una spiegazione del genere, ed era ancora sorpreso dal fatto che potesse comunicare, come faceva con qualsiasi altra persona.

Isaac gli commentò: "Signor Athan, mi scusi se non mi sono reso conto della sua grandezza. Posso chiederle come fa a capirmi?".

Athan sorrise e disse: "Te l'ho detto umano, sono una creatura storica, esisto da così tanti anni, che ho imparato il dialetto degli umani e dei dinosauri. Posso anche capire le energie e gli oggetti che non si muovono".

"Scusatemi per non essermi presentato prima. Sono Isaac, l'uomo che vuole unire i dinosauri e gli umani per creare un mondo pacifico dove entrambi coesistano".

Athan, per la prima volta aveva sentito qualcosa che lo aveva colpito. Era sempre stato abituato a storie tra dinosauri o umani che si ritenevano superiori, ma mai una che cercasse di unirli nonostante le loro differenze.

La conversazione continuò, Isaac gli parlò del suo progetto e della sua difficoltà nel capire i dinosauri e farli comunicare con gli umani.

Gli mostrò anche tutti i file che aveva raccolto negli anni con informazioni, comportamenti e caratteristiche dei dinosauri che attualmente abitavano la terra.

Athan si sentì molto a suo agio con Isaac, era felice di vedere come un umano fosse interessato al mondo dei dinosauri, al punto di comprenderli.

Athan lo interrogò: "Allora, se hai tutte queste informazioni, perché non hai portato avanti il progetto Mord Yx?".

La risposta di Isaac fu chiara e semplice: "Perché il sistema è ancora difettoso. Penso ancora di non comprendere appieno ciò che i dinosauri stanno dicendo".

"Beh, a questo si può rimediare, caro Isaac", commentò Athan con voce allegra.

Il grande ibrido drago-dinosauro stava per uscire dalla sua grotta dopo molti anni, per aiutare Isaac nel suo progetto.

Isaac Sali sulla sua schiena e partirono, la missione che entrambi avevano in mente era la stessa, andare in ogni comunità di dinosauri e umani e servire come traduttori per migliorare la comunicazione con loro e appianare le asperità.

E così fecero. Volarono per tutto il mondo, unendo umani e dinosauri.

Con una comunicazione efficace tra entrambe le parti, si resero conto che i loro problemi erano più ridicoli di quanto pensassero.

Cose semplici davano fastidio ai dinosauri, come essere invasi per costruire case, rumori forti che davano fastidio alle loro orecchie sensibili, o semplicemente essere incolpati di tutto.

Gli umani non sopportavano che i dinosauri distruggessero i raccolti mentre vagavano per i terreni, che maltrattassero i loro animali domestici.

Con l'aiuto di Athan e Isaac, le due comunità furono in grado di discutere questi e altri problemi banali, per raggiungere semplici accordi che avrebbero portato entrambe le parti a una coesistenza negli stessi luoghi.

Con il tempo, il dibattito tra i dinosauri e gli umani scomparve completamente, iniziarono addirittura ad andare d'accordo così tanto da poter comunicare facilmente.

Tutto grazie al progetto Mord Yx, che ora poteva studiare meglio il linguaggio dei dinosauri.

Athan e Isaac divennero amici inseparabili che riuscirono a unire nuovamente il mondo e a godersi il grande presente e il promettente futuro a venire

Il dinosauro che voleva essere un cantante

Questa storia parla di un dinosauro speciale, una volta nella grande foresta di Kla, c'era un giovane dinosauro che dimostrava di avere un talento molto diverso da tutti gli altri. Dimostrava molto impegno e costanza per fare quello che gli riempiva il cuore e sicuramente, perseverando nel suo sogno, poteva avere successo proprio come i suoi amici.

Nella grande foresta vivevano numerosi animali, come gli allosauri, dinosauri bipedi lunghi 9 metri, con un corpo robusto e creste sul cranio abbastanza forti da abbattere gli alberi. Gli allosauri avevano una personalità un complicata, a causa del loro forte carattere, forgiato nel corso degli anni quando gli stessi erano dinosauri da battaglia.

Anche se il mondo era ormai in pace e non c'erano combattimenti a cui questi dinosauri potevano partecipare, continuavano a mantenere un carattere fermo e a svolgere compiti per migliorare la loro specie.

Il capo degli allosauri era Demiral, un dinosauro che era al comando da alcuni anni grazie al suo grande rispetto per la tradizione dei suoi antenati e anche per la grande empatia che provava verso i membri del suo branco.

Come in tutti i branchi, anche in questo gruppo sorgevano di tanto in tanto alcuni problemi, ma questi venivano sempre risolti nel migliore dei modi, grazie al capo e ai membri anziani che si avevano capito che il dialogo e il confronto risolvevano i conflitti senza combattere.

Nella foresta c'erano diverse attività da fare. Gli allosauri erano divisi in gruppi.

C'erano i combattenti. Questi erano di solito veterani di grandi battaglie o nuovi membri che avevano grandi abilità, che volevano sfruttarle o migliorarle per proteggere il clan e i suoi abitanti. Anche se era vero che non c'erano state più battaglie contro altri dinosauri da quando era stato raggiunto un accordo di pace anni prima, questo non significava che gli allosauri combattenti avrebbero perso il loro grande talento e lasciato la tribù indifesa.

In questo periodo di pace e serenità venivano addestrati buoni guerrieri pronti ad aiutare tutti, non combattevano più con i loro corpi, ma con i loro cuori, per coloro che amavano di più.

Poi c'erano i lavoratori. Questi dinosauri erano più forti degli altri allosauri. I compiti che svolgevano erano di vario tipo, ma principalmente consistevano nel creare nuove grotte per le nuove famiglie, spostare oggetti, rimuovere le ostruzioni dal fiume e tenere pulita la grande foresta. Ecco perché la forza era essenziale, un allosauro debole non poteva fare la metà di questi compiti senza mettersi in pericolo.

Anche gli allosauri costruttori facevano parte di Kla. Gli operai erano incaricati di rimuovere e pulire con la loro grande forza, mentre i costruttori erano incaricati di costruire e formare quelle grotte, che poi sarebbero state abitate dagli allosauri. Oltre ad una grande creatività e personalità, erano necessarie alcune conoscenze di base per poter far parte di questo gruppo. Ecco perché erano quelli interessati a far crescere Kla.

Oltre agli allosauri forzuti c'erano anche quelli intelligenti. Questi dinosauri erano diversi, passavano tutto il giorno a studiare metodi e modi per far star meglio la loro specie e farla evolvere. Trovavano anche soluzioni a problemi difficili, cercando i metodi migliori usando quello che avevano a disposizione. Solo gli allosauri che mostravano una grande capacità mentale, così come un'incredibile empatia, potevano aspirare a fare questo lavoro intellettuale.

A Kla non mancavano i collezionisti. Avevano il compito di raccogliere gemme, pezzi importanti, materiali da costruzione, cibo e tutto ciò che era necessario per mantenere il buon sviluppo dei dinosauri.

I collezionisti erano molto amati perché le loro missioni erano sempre un po' complicate o richiedevano un po' più di tempo, ma grazie a loro gli altri avevano molti benefici.

Raggiunta l'età matura, gli allosauri dovevano scegliere a quale gruppo appartenere in base alle loro propensioni e caratteristiche. Tutto questo per aiutare e migliorare la loro comunità di dinosauri.

Molti dinosauri non avevano difficoltà a scegliere, fin da quando erano piccoli avevano grandi sogni e aspirazioni di appartenere ad un gruppo specifico.

Altri lo facevano solamente per le loro caratteristiche fisiche o intellettuali, altri invece si erano semplicemente lasciati convincere da loro amici o parenti ad entrare in un gruppo, anche se non gli piaceva nessuno di loro.

Nella grande foresta, c'era un dinosauro di nome Maxim che, fin da piccolo, aveva un sogno che non aveva niente a che vedere con i gruppi che erano in Kla.

Non voleva essere un combattente, non si immaginava di combattere e fare quel grande sforzo fisico che lo avrebbe lasciato esausto e senza forze.

Non era ben visto nella comunità dei lavoratori, aveva una forza media e non grandi capacità fisiche per svolgere i compiti che il gruppo richiedeva.

Gli allosauri delle costruzioni non avevano mai attirato la sua attenzione, poiché non aveva immaginazione e non gli piacevano le attività che si facevano in quel gruppo.

Anche se era molto intelligente, non era il tipo di dinosauro più inventivo degli altri, né aveva progetti che favorissero intellettualmente Kla. Pertanto, il gruppo intelligente non era un'opzione per lui.

I collezionisti erano ben visti e sostenuti da tutti, tuttavia, dovevano passare del tempo lontano da Kla, per raccogliere il materiale lontano o importante. Anche questa non era un'opzione per lui. Amava molto la sua foresta e voleva stare sempre con la sua famiglia e i suoi amici.

Però aveva un grande sogno, diventare un grande cantante per far divertire tutti i suoi amici. Sapeva di avere una grande voce, i suoi amici che lo avevano sentito cantare erano rimasti colpiti da quella sensazione che li catturava quando ascoltavano le melodie di Maxim.

Ma non c'era nessun gruppo di canto o qualcosa di simile a Kla; Maxim sapeva che le sue opzioni, rimanendo nella grande foresta, erano limitate.

Demiral, il capo degli allosauri, essendogli molto affezionato, riuscì a ritardare per alcuni mesi il momento per Maxim di scegliere un gruppo ma, alla fine, il momento fatidico arrivò.

Maxim parlò con Demiral e gli disse quanto fosse indeciso, non menzionò mai il suo sogno di essere un cantante, poiché sapeva che le tradizioni degli allosauri non permettevano a nessun membro del branco di escludersi dal far parte della comunità.

Demiral tuttavia, da buon leader, gli consigliò di parlare con il responsabile di ogni gruppo, in modo che potessero raccontargli di più sulle funzioni e il tipo di lavoro svolto. Magari poteva scoprire qualcosa di attraente che non si sarebbe aspettato o qualcuno dei responsabili poteva convincerlo ad unirsi a loro.

Per prima cosa parlò con Yoko, il capo degli allosauri combattenti. Gli disse che per unirsi al suo gruppo doveva avere un grande spirito combattivo, non solo nei combattimenti fisici ma anche in quelli psicologici e mentali, doveva essere un simbolo di aspirazione nel realizzare i suoi sogni. Il loro obbiettivo era di essere pronti a combattere per ciò che amano, pensando sempre e prima di tutto alla protezione e non alla violenza.

Il discorso piacque molto a Maxim, ma continuava a credere che i combattenti non facessero per lui.

Poi parlò con Aoda, il leader degli allosauri laboriosi. Egli sottolineò che la forza era tutto per svolgere il lavoro e le attività quotidiane e che, se voleva unirsi, doveva allenare molto il suo corpo, per sopportare i grandi fardelli dell'appartenenza agli allosauri lavoratori.

Maxim apprezzò le parole, ma declinò anche questo invito.

Seguì Pikko, il leader dei dinosauri intelligenti. Parlò con lui per molte ore della storia degli allosauri e della loro importanza per il mondo. Continuò con l'attualità parlando di quello che un dinosauro deve avere per far parte dell'evoluzione e aiutare lo sviluppo.

Un grande discorso con parole molto complicate, che ha fatto capire a Maxim che questo non era il suo gruppo.

Andò anche dagli allosauri costruttori, e parlò con Eggo, il loro leader. Discussero dell'inventiva e dell'immaginazione che avrebbe dovuto avere per costruire grotte più belle e confortevoli per migliorare la casa degli allosauri, questo avrebbe certamente contribuito molto alla grande foresta.

Maxim voleva contribuire, ma sentiva che se si fosse unito ai costruttori non avrebbe realizzato tutto il suo potenziale.

Infine, andò dal leader più difficile da trovare, quello degli allosauri foraggieri, Andrew.

Andrew gli disse quanto fosse difficile essere un collezionista, anche se erano molto amati in tutta la grande foresta. Tutti sapevano quanto fosse delicato il loro lavoro. Gli iniziò a parlare dei grandi viaggi e dei famosi collezionisti storici che erano importanti non solo per la loro storia egli allosauri ma di tutti i dinosauri, trovando gemme e pietre uniche al mondo.

Essere un collezionista era qualcosa a cui molti allosauri aspiravano ma non era il caso di Maxim che non poteva immaginare di stare anche solo un minuto lontano da casa e dalle persone che amava.

Alla fine di tutto questo girare e parlare Maxim era ancora più depresso, sapeva che alla fine doveva prendere una decisione, e che non sarebbe stata quella importante per la sua vita per quello che voleva dimostrare, il suo talento di cantante.

La notte cominciò a calare, e Maxim cominciò a cantare le sue canzoni preferite, facendo sì che anche gli alberi volessero danzare sulle note così belle.

Il vento portò le note leggere e la sua voce verso il luogo di ritrovo degli allosauri che erano riuniti dopo aver finito la loro giornata.

Tutti ascoltarono quella dolce voce molto rilassante per tutto il branco. Alcuni rimasero impressionati, altri chiusero semplicemente gli occhi, godendosi la melodia, e alcuni erano curiosi di sapere chi fosse quella voce.

Demiral andò alla ricerca di quel suono e quella voce melodiosa e, finalmente lo trovarono, sdraiato su una pietra, stava cantando come se fosse il miglior concerto della sua vita.

Demiral rimase impressionato e scioccato, non aveva mai sentito nulla di simile, si avvicinò e gli chiese della sua voce, del suo talento.

In quel momento, Maxim ne approfittò e gli disse che il suo sogno era sempre stato quello di fare il cantante, che sapeva che la sua voce era contagiosa e migliorava il morale di tutti. Ma purtroppo a Kla non sarebbe riuscito a realizzare questo suo desiderio.

Demiral dop aver pensato per usare le migliori parole possibili gli disse: "Maxim, è vero che abbiamo delle tradizioni, ma l'evoluzione di cui stiamo parlando riguarda anche questo. Se il tuo sogno è cantare, allora canterai. Allieterai il cuore di tutti gli allosauri quando saranno stanchi della loro routine dopo una lunga e dura giornata di lavoro, questo sarà il tuo compito. Non pensare sia più facile degli altri, sarà una missione molto importante ristorare i cuori e le menti di tutti noi!".

Maxim sorrise e abbracciò il suo leader. Non poteva crederci! Tutti avevano accettato il suo sogno e lo avrebbero incoraggiato a realizzarlo.

Maxim divenne il leader dei cantanti allosauri e motivò tutti a seguire i propri sogni.

Il re dei dinosauri

Secoli fa c'era una leggenda secondo la quale il re dei dinosauri, quello al di sopra di tutti i branchi e le specie, aveva il controllo assoluto su tutto ciò che accadeva nel mondo, controllando le azioni, prendendo decisioni e riuscendo ad unire tutti.

La storia del Re dei dinosauri iniziò quando si trovò a gestire delle piccole dispute nate tra alcuni branchi. Il re riusciva a risolverle parlando e impegnandosi in conversazioni tra le parti. I branchi riuscirono così a raggiungere un accordo, e lo riconobbero come re e colui che aveva il controllo in quella foresta. Nacque così la tradizione e la leggenda del Re dei dinosauri.

Ma la sua storia si diffuse e divenne leggendaria quando, con la sua capacità di risolvere i conflitti e prendere decisioni, fece da mediatore di un gruppo di dinosauri volanti che erano in discussione sulla proprietà di perle preziose ritrovare in una grotta.

Anche in questo caso, fu in grado di mettere pace tra tutti e distribuire equamente le preziose perle.

Iniziò così il suo viaggio, girando per il mondo e aiutando tutti finché non fu riconosciuto dal mondo e da tutti come: IL RE DEI DINOSAURI.

Era il primo e per la prima volta che veniva acclamato un Re; aveva tutto il potere del mondo sotto il suo controllo, e cercava di guidarlo saggiamente con gli stessi valori di sempre. Avere così tanto potere comportava una grande responsabilità; perciò, nonostante avesse sempre buone intenzioni, a volte doveva prendere decisioni che non piacevano agli altri. Per questo motivo, gli venne sempre riconosciuto il grande lavoro svolto, anche se aveva commesso errori o alcune situazioni potevano essere gestite meglio o in un altro modo.

Nonostante tutto divenne una leggenda, fu il primo dinosauro ad avere unito tutte le specie e ad averle sotto il suo benevolo e pacifico controllo, il periodo fu catalogato come positivo e pieno di pace.

Per i dinosauri avere un Re che li guidava saggiamente era fondamentale per evitare litigi continui. Le varie specie di dinosauri e le loro personalità erano molto diverse tra loro, e questo creava spesso motivo di scontro.

Per questo motivo, tutte le specie riunite, decisero che quello che iniziò come una benedizione per il primo re dei dinosauri, sarebbe diventata una tradizione. D'ora in avanti sarebbe stato eletto un Re che avrebbe avuto il compito di mantenere il controllo e trasformare il presente e il futuro in qualcosa di meraviglioso.

Si succedettero molti Re, alcuni più amati di altri. Quelli che sbagliavano o avevano un cattivo comando causavano, senza dubbio, più malcontento tra i dinosauri. Per questo alcuni arrivarono a chiedersi se il regno di un dinosauro sugli altri fosse necessario o meno.

Gli ultimi re che erano sorti avevano causato molto malcontento, non avevano influenzato positivamente o migliorato la situazione di tutti gli altri dinosauri.

Alcuni furono accusati di essere pigri per non aver lavorato abbastanza, altri di preferire un gruppo di dinosauri agli altri e altri ancora di guardare solamente ai propri interessi personali.

In mezzo a tutte queste controversie, emerse un piccolo Spinosauro, che aveva sempre sognato di diventare il re dei dinosauri. Questo dinosauro sognatore era Franklin.

Fin da piccolo, Franklin era cresciuto vedendo i Re dei dinosauri, sognando che, da grande, si sarebbe seduto al loro posto. Pensava sempre a come si sarebbe comportato se fosse diventato Re. Aveva capito che non era un compito semplice, anzi, era un lavoro molto difficile e complicato mantenere tutti felici e senza troppe lamentele.

Un giorno, Franklin stava parlando con il suo amico Karim, il Triceratopo, e gli disse: "Sono sicuro che il prossimo Re dei dinosauri farà molto bene. Quello attuale è sempre coinvolto in polemiche, ma si vede che lavora molto bene. Ha risolto la discordia delle terre in modo equo per fortuna. Forse è stata una decisione sbagliata, ma lo sapremo in futuro".

Il suo amico gli rispose: "Non essere così formale. È stata una pessima decisione. La fortuna non sempre risolve tutto. I soldi non sono sempre la soluzione migliore per risolvere un conflitto. Anche se è fatto in modo pacifico, creerà malcontento. Ma senti questa proposta! Alla prossima elezione dei re, potresti candidarti per la corona. Anche se sei giovane, avresti già l'età minima per competere con gli altri. Io penso, anzi, sono sicuro che saresti un grande re. Le tue idee sono magnifiche e hai un grande cuore, vuoi sempre aiutare tutto e tutti. Almeno pensaci, è sempre stato il tuo sogno e potrei fare felici tante persone!".

Franklin, un po' nervoso, gli commentò: "Io? Non credo proprio. Quella posizione è troppo difficile, sicuramente non soddisferei le aspettative degli altri. Inoltre, tieni presente che gli ultimi due Re sono stati grandi Tirannosauri provenienti da famiglie potenti. Io non ho questa grande storia alle spalle, sono solo un piccolo Spinosauro!"

"Sì, certo, non ce l'hai ma, beh, è qualcosa che gli altri non hanno, ed è il desiderio di far tornare il Re dei dinosauri più amato del mondo. Smettila di dubitare di te stesso, devi essere sicuro. Abbiamo più di 8 anni di amicizia. Quindi, fidati di quello che ti dice il tuo fedele amico. Gareggia e basta! Mostrati come candidato, e poi vedrai se vuoi continuare o no".

La conversazione finì, ed entrambi gli amici cominciarono a scherzare un po' su quelle divertenti regole che Franklin avrebbe dovuto stabilire se fosse diventato Re.

Quando arrivò la notte, Franklin cominciò a pensare a quello che il suo amico gli aveva detto. Aveva ragione, il suo sogno era quello di essere un Re dei dinosauri. Ci aveva sempre pensato, ma non si era mai messo al lavoro per realizzarlo. Decise che questa era la sua migliore occasione, e avrebbe cercato di ottenere qualche informazione per presentarsi come candidato al trono.

Il giorno dopo Franklin andò dal capo della sua città e gli raccontò la sua idea. Era molto contento perché aveva sempre visto che Franklin, nonostante la sua timidezza, aveva grandi capacità di comando.

Gli fornì tutte le informazioni e gli raccomandò di prepararsi molto bene perché la competizione dell'anno successivo sarebbe stata molto dura.

Tutti i più famosi e grandi dinosauri del mondo stavano per votare per il trono. Quindi, doveva essere più intelligente di tutti.

Franklin, sia a scuola che dopo, aveva avuto il compito di studiare ogni specie, la loro storia, i loro bisogni, come pensavano, quanti branchi esistevano nel mondo, chi erano i loro leader, così come le situazioni buone o cattive in cui erano coinvolti.

Questo senza dubbio lo aiutava molto a capire gli altri, ma sapeva che la teoria era una cosa e la pratica un'altra. Così chiese il permesso al capo del suo branco e uscì nel mondo per incontrare tutte le specie.

Voleva verificare se tutto quello che aveva studiato sui dinosauri era vero o meno.

Prima di partire per la sua avventura, parlò con il suo migliore amico Karim e gli spiegò: "Le tue parole di qualche giorno fa mi hanno riempito di coraggio. Essere un Re dei dinosauri è il mio sogno e ora farò di tutto per realizzarlo. Alcuni criticano questo viaggio o lo vedono come qualcosa di inutile, io penso che sarà una grande esperienza di apprendimento. Tornerò rinforzato e, che io diventi o meno un re, saprò come vivono gli altri dinosauri e mi farò grandi amici".

Il suo amico, molto felice, gli rispose: "Sono molto orgoglioso di te. Ho sempre saputo che potevi fare molto di più per il tuo sogno. È bello che provi a realizzarlo. Hai tutto il mio appoggio e, quando tornerai, sarò ansioso di sentire tutte le tue avventure".

Infine, Franklin gli disse: "Mi farò grandi amici, ma senza dubbio, tu sarai quello che è stato con me fin dall'inizio. Quando sarò Re, sarò felice di essere accompagnato da molte brave persone come te".

Gli amici, come al solito, si diedero un abbraccio amichevole e finirono in una risata. Non erano mai stati separati, ma entrambi avevano capito che era la cosa migliore per realizzare quel sogno.

Franklin intraprese il viaggio, pieno di speranza e avendo fede che avrebbe raggiunto il suo obiettivo. Da quel momento, il dinosauro che sognava di essere Re divenne il primo a lasciare la sua casa e a visitare le altre comunità, per esplorare e conoscerle meglio.

Quel viaggio segnò un profondo cambiamento in tante vite, oltre la sua, visse ed ebbe l'opportunità di conoscere con ogni specie, fece grandi amicizie, aiutò tutti a risolvere problemi locali e di comunicazione. Durante il suo viaggio si divertì molto, riuscì a guadagnarsi il rispetto e l'apprezzamento di ogni dinosauro con cui entrava in contatto vivendo come uno di loro fino ad essere accettato per la sua grande sincerità e gentilezza. Quello che faceva per il mondo gli fece capire quanto apprezzasse essere un dinosauro.

Passò così tanto tempo a visitare le varie comunità che, per un momento, dimenticò il vero motivo del viaggio. Infine, l'anno passò, e arrivò il momento che i candidati al trono si presentassero.

Il suo amico Karim era molto eccitato; sapeva che Franklin era già conosciuto in tutto il mondo e amato da tutti, quindi avrebbe avuto una grande opportunità di conquistare il trono.

Franklin, però, aveva altro in mente. In quei mesi stava vivendo con i Velociraptor, che gli stavano insegnando alcune tecniche per essere più veloce, anche se lui era molto lento. Si divertiva molto per il modo in cui cercavano di aiutarlo e facevano continuamente battute.

Fu così assorbito da questa sua attività che non si presentò come un concorrente per il regno. Ma questo non fu il fatto più sorprendente, perché nessuno si candidò. I partecipanti erano si tutti presenti, ma nessuno si era iscritto per competere l'uno contro l'altro.

L'incertezza crebbe tra i dinosauri che non sapevano se nessuno voleva il trono o se stava succedendo qualcos'altro a loro insaputa.

Vendendo la folla che iniziava ad agitarsi un ex candidato prese la parola e disse: "Abbiamo deciso all'unanimità di non presentarci perché siamo tutti d'accordo che Franklin merita di essere il prossimo Re dei dinosauri. Le sue avventure nel mondo, incontrando tutte le specie, il suo carisma e i suoi nuovi metodi per aiutare ci hanno fatto capire che lui è l'opzione migliore per tutte le nostre specie".

E così fu deciso e tutti lo acclamarono e applaudirono. Franklin non andò a presentarsi per la corona; al contrario, la corona venne a cercarlo.

La notizia arrivò presto nel villaggio dei Velociraptor dove Franklin stava soggiornando e fu molto sorpreso dalla notizia. Nonostante fosse il suo sogno, non si aspettava un tale riconoscimento dal mondo.

Fu così che l'ancora giovane Spinosauro assunse il ruolo di nuovo Re dei dinosauri, promettendo di aiutare tutti e di essere il Re di cui il mondo aveva bisogno.

Anni dopo, al momento di eleggere un nuovo Re, tutti riconobbero il lavoro svolto sul trono da Franklin. Era così eccellente e lui così amato che divenne il primo Re dei dinosauri a ripetere il mandato acclamato all'unanimità.

Grazie al duro e passionale lavoro di Franklin e di coloro che lo accompagnarono nel suo regno, i dinosauri raggiunsero un nuovo livello di convivenza e i problemi erano quasi inesistenti.

Il mondo divenne un grande paradiso di prosperità, comprensione reciproca, amore, fratellanza, e vissero felici e contenti. Franklin passò alla storia come il più grande Re dei dinosauri mai vissuto.

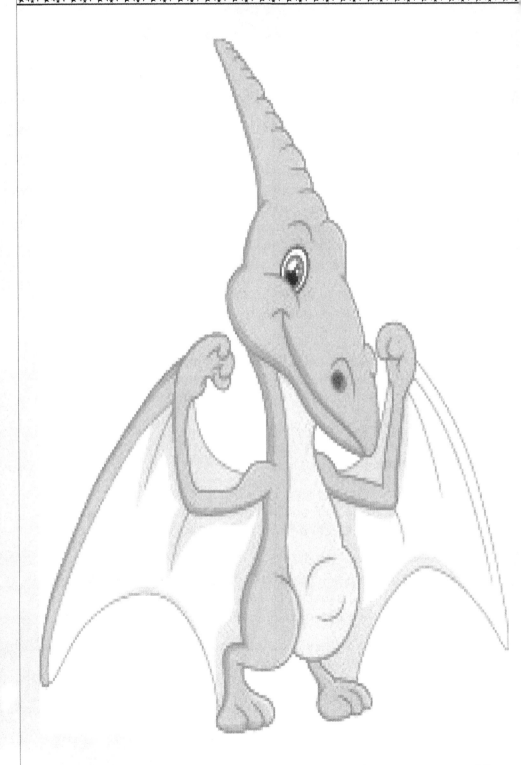

Insegnare a un dinosauro

A Sydney, in Australia, viveva una grande famiglia, piena di amore, affetto e tanti sogni. Credevano profondamente l'uno nell'altro, e vivevano serenamente e pacificamente.

A quel tempo l'Australia era un paese molto tranquillo. Il caldo in quei giorni non era così intenso come in altre stagioni, quindi il clima era piacevole. Il paese era pieno di brave persone che si aiutavano l'un l'altra.

Una cosa sulle altre spiccava a Sydney, il numero di animali. C'erano persino riserve speciali di animali, fatte dal governo o da organizzazioni solo per proteggere i loro preziosi animali.

Il posto diventò turistico e molto attraente per gli stranieri, perché potevano vedere numerose specie in un solo giorno. Avevano anche una quantità innumerevole di canguri, creature esotiche e meravigliose.

I canguri erano senza dubbio l'attrazione principale dell'Australia, e a Sydney ce n'erano molti di più che nel resto dell'Australia. Anche i cittadini del paese non si stancavano mai di vedere questo maestoso animale.

A Sydney c'era una famiglia speciale, composta da cinque membri. Il padre si chiamava Mason. Era il leader della sua famiglia; lavorava tutto il giorno in un'azienda tessile, ma quando tornava a casa aveva il compito di stare con la sua famiglia e renderla felice.

La madre si chiamava Rosa. Era una persona affettuosa, comprensiva e molto attenta a tutto ciò che accadeva in casa sua; lavorava in una delle più grandi riserve di animali, quindi si prendeva sempre cura dei suoi amici canguri.

La sorella maggiore si chiamava Mecha. Era una ragazza un po' introversa, aveva difficoltà a fare amicizia, ma in fondo era molto affettuosa. Il suo carattere era un po' complicato, diventava spesso impulsiva, ma i suoi genitori sapevano che era un processo legato alla sua crescita e adolescenza.

Il figlio di mezzo era Cyrus. Il ragazzo era pieno di energia, curioso, studioso e gentile con tutti. Cercava sempre di imparare di più; era un appassionato di animali e il suo sogno era quello di lavorare nella grande riserva per fornire agli animali le migliori cure possibili.

La piccola neonata, Crystal, era troppo giovane per capire quello che stava succedendo intorno a lei; tuttavia, la sua famiglia era sempre lì a darle tutto l'amore. Un sorriso della piccola Crystal illuminava anche i giorni più grigi.

Tutti in famiglia avevano un lavoro e si prendevano cura a turno della piccola Crystal.

A Cyrus piaceva molto andare a scuola. Lì, poteva passare il tempo con i suoi amici e imparare dai suoi insegnanti tutte le meraviglie del mondo. Studiare sembrava essere la sua attività preferita, ma non lo era.

Quello che gli piaceva fare di più, e che gli teneva la mente occupata tutto il giorno, era accompagnare sua madre al lavoro.

Lì poteva fare le attività che gli piacevano di più. Imparare il comportamento di molti animali, studiarli, analizzarli, pulirli, prendersi cura di loro ed essere sempre al corrente di tutto ciò di cui avevano bisogno.

Questo sembrava riempire la sua anima. Si sentiva davvero felice quando gli animali della riserva erano tranquilli e senza problemi. Sua madre lo sapeva, e notava la gioia del ragazzo quando faceva tutte queste attività. Ecco perché ogni volta che era libero dai suoi compiti lo invitava a lavorare.

Anche gli animali della riserva sembravano a loro agio con la presenza di Cyrus. Era chiaro che erano liberi da ogni tensione e molti di loro potevano giocare liberamente con il ragazzo.

Passava ore nella riserva, sua madre era una delle responsabili delle cure mediche degli animali. Sorvegliava sempre le diverse specie che si trovavano nella riserva e questo permetteva a Ciro di vivere con tutti gli animali.

Ciro rimaneva sempre fino a tardi, era la sua passione prendersi cura degli animali, sarebbe rimasto lì per sempre. Rosa sapeva della passione del figlio e lo teneva in considerazione; per questo motivo, anche se lo invitava alla riserva, cercava di non fargli trascurare le altre sue attività a casa e i suoi impegni con la scuola.

Un giorno, dopo che Cyrus finì i suoi compiti di matematica, partecipò ad un evento speciale nella sua scuola. Si trattava di un breve test di scienze e tecnologia applicata.

Ciro aveva tutto sotto controllo, lui e alcuni suoi amici, stavano già progettando da qualche mese un piccolo robot metallico che potesse pesare gli oggetti e dire il loro peso ad alta voce.

Ciro aveva progettato il robot con il pensiero di regalarlo ai lavoratori colleghi della mamma che potevano usare questo strumento per conoscere il peso di un oggetto all'istante. Era un robot infallibile e avevano tante possibilità per migliorarlo.

Tutti nella scuola erano impressionati da questo grande progetto e pensavano che probabilmente sarebbe stato il vincitore. Nessun altro progetto era paragonabile al loro.

Infatti, il giorno della gara, il progetto di Ciro e dei suoi amici risultò essere il vincitore, ricevendo i complimenti da tutti i concorrenti e dalle maestre che non avevano mai visto niente di simile.

41

I ragazzi erano molto felici, non solo perché avevano vinto, ma perché insieme avevano creato uno strumento che poteva essere utilizzato da tutti in città e avrebbe reso il loro lavoro più facile.

La sua famiglia fu molto felice per il grande trionfo del figlio, così Rosa decise di premiarlo portandolo alla riserva. Ma questa volta sarebbe stato un po' diverso.

Sua madre gli promise che avrebbe potuto passarci un giorno intero, facendo tutto quello che voleva.

Il proprietario della riserva accettò volentieri poiché sapeva quanto a Cyrus piacesse e che sarebbe stato di grande aiuto per la felicità di tutti gli animali. Gli fu anche preparata una stanza in modo che potesse riposarsi quando era stanco, tuttavia, era libero di fare quello che preferiva.

Quel giorno fu indimenticabile per Ciro. Durante il giorno aiutava i lavoratori nelle loro attività. Puliva, raccoglieva, aiutava, giocava, e ammirava ogni specie animale. Riuscì a passare tanto tempo con i canguri che sembravano diventare sempre più amichevoli e giocosi nei suoi confronti.

Al calare della notte, il ragazzo si chiedeva se dovesse dormire o meno. Anche se aveva molto sonno, sapeva che era un'occasione perfetta per conoscere la vita notturna di certi animali. Alla fine la sua grande curiosità ebbe ancora una volta la meglio, così decise di esplorare.

Mentre camminava attraverso la voliera degli uccelli, notò come fossero riuniti tutti da un lato, lasciando l'altro completamente libero. Poi li vide come un po' spaventati e questo attirò l'attenzione di Ciro. Pensò che qualcosa non andava, così, un po' avventatamente, si diresse verso i suoi sospetti. Quando arrivò, trovo un piccolo uccello lì a terra.

Il ragazzo disse ad alta voce: "Wow! Stranamente sei solo qui, piccolo amico. Perché tutti si sono allontanati da te? Ti porto dai tuoi genitori".

Quando si avvicinò di più e mise a fuoco la luce della torcia sull"animale, si rese conto che non era uno degli uccelli di quella zona. Non assomigliava a niente che avesse visto prima.

Aveva ali più grandi, nonostante fosse piccolo, un grande becco dove si poteva vedere un gran numero di denti affilati, e un piccolo corno sulla testa.

Ciro aveva paura. Fece qualche passo indietro, ma poi la creatura cominciò a piangere. Fu in quel momento che il ragazzo si rese conto che l'uccello era più spaventato di lui; doveva aiutarlo.

Lo prese rapidamente in braccio e lo portò fuori di lì. Notò subito come il resto degli uccelli tornarono normali e si sparpagliarono dappertutto dentro la gabbia, sembravano non avere più paura.

Cyrus portò l'animale nella stanza della riserva e lo guardò mentre piangeva, quindi decise di curarlo. Cercò del latte materno, che trovò in alcuni contenitori, e glielo diede. Notò che lentamente si stava calmando, il pianto diminuiva e si iniziava ad addormentare tranquillamente. Era finalmente calmo.

Il giorno dopo, Ciro capì che non poteva dire a tutti il suo segreto, pensava che forse avrebbero fatto troppa pressione alla sua piccola amica, magari dei test per scoprire a quale specie appartenesse.

Così decise di nasconderla e portarla a casa.

Con il tempo, sua madre notò che Ciro non voleva più andare alla riserva degli animali; preferiva passare il tempo a casa, chiuso nella sua stanza ad allevare segretamente il misterioso uccello, che presto scoprì essere un dinosauro, in particolare uno pterodattilo.

Era sbalordito perché secondo tutto il mondo i dinosauri erano estinti. Sapeva che doveva mantenere il segreto per il bene del suo nuovo amico che chiamava Trevor.

L'esperienza che il ragazzo aveva maturato nella riserva, era sufficiente per prendersi cura del suo amico nei suoi primi giorni.

Con il passare dei giorni, Cyrus insegnò a Trevor diverse tecniche per sopravvivere in natura perché sapeva che anche se amava molto il suo amico, era impossibile tenerlo in casa sua per sempre, inoltre i dinosauri crescevano molto e in poco tempo. A Cyrus lo rendeva felice il vedere come Trevor progrediva in tutte le tecniche che gli aveva insegnato.

Un giorno decise di dire alla sua famiglia che un dinosauro viveva nella sua stanza. Ma ovviamente, tutti pensarono che fosse uno scherzo e nessuno gli credette.

I giorni passarono abbastanza tranquillamente fino a quando una mattina la famiglia si svegliò per un grande ruggito che si sentiva provenire dalla stanza di Cyrus. Quando tutti andarono a indagare su ciò che stava succedendo e finalmente lo videro.

Un imponente pterodattilo già grande era nella sua stanza, e si stavano abbracciando come grandi amici.

La famiglia sobbalzò nel vedere quel grande animale e tutti furono colpiti e scioccati; Cyrus aveva detto la verità.Quello fu il giorno in cui Trevor si avvicinò al suo amico, e Cyrus poté sentire ciò che stava cercando di comunicargli.

"Amico, grazie per tutto quello che hai fatto per me. Ora, sarò pronto per incontrare la mia gente da qualche parte nel mondo. Ci vedremo presto; saremo amici per sempre".

Dopo un lungo abbraccio Cyrus sorrise, era orgoglioso di Trevor.

La sua famiglia era imbarazzata per non aver creduto al ragazzo e gli promise che questo non sarebbe più successo.

Cyrus era molto felice perché i dinosauri esistevano ed erano in Australia. Non riusciva a smettere di pensare che un giorno avrebbe rivisto il suo amico, insieme alla sua famiglia.

Il frutto d'oro

La gloriosa epoca dei dinosauri stava passando, il mondo era immerso in una pace meravigliosa e il tempo dei conflitti era finito. I dinosauri non combattevano più, non esistevano più confini, ognuno poteva girare liberamente per tutti i territori in cerca di cibo e socializzando con gli altri.

Le differenze di specie non erano più un problema, ora si aiutavano a vicenda, cercando insieme di creare un mondo migliore.

Questo fu la storia della comunità dei dinosauri erbivori, che impararono a gestire il cibo piantando anche alberi da frutto lungo le loro strade preferite.

I dinosauri erbivori erano conosciuti come i Rank. Il nome era dovuto ad una credenza storica, si raccontava che il primo dinosauro che mangiò un frutto si chiamava Rank.

Tra i Rank esistevano una grande varietà di specie. Si riteneva che ogni dinosauro fosse speciale e avesse una personalità diversa, anche se a causa della genetica i loro caratteri coincidevano sotto alcuni aspetti.

Su una cosa però erano tutti d'accordo, gli antenati, le leggende e la storia, che erano molto importanti per loro. I Rank sapevano che l'anno in corso era molto significativo a causa di una particolare profezia che li coinvolgeva tutti, ed erano consapevoli di ciò che stava per accadere.

La profezia spiegava che ogni 200 anni, nel centro del pianeta terra, sarebbe apparso un albero speciale che portava frutti d'oro. Il dinosauro che avrebbe mangiato quel frutto avrebbe fatto evolvere la sua specie, e tutti sarebbero stati dotati di intelligenza superiore e saggezza eterna.

Con questa saggezza, sarebbero stati in grado di prendere le migliori decisioni, prevenire il futuro e non fare errori che li avrebbero colpiti, a breve o a lungo termine.

Mangiare il frutto significava trascendere l'essere sul pianeta terra. Pertanto, tutte le specie volevano il frutto per avere i vantaggi che garantiva.

I dinosauri non erbivori, che non partecipavano e credevano a questa profezia, avevano paura di questo evento perché pensavano che la competizione per il frutto avrebbe causato problemi tra i Rank.

Per questo, l'anno prima, tutti i Ranks avevano concordato che la comparsa del frutto d'oro non avrebbe rovinato o compromesso la loro amicizia e creato una malsana competizione tra le specie.

Ma ora era diverso. La tensione si sentiva nell'aria perché tutti volevano un'evoluzione per la loro specie, più intelligenza e saggezza. Queste sensazioni erano impossibile da nascondere.

Il tutto iniziò con la mancanza di comunicazione; le varie specie non parlavano più tra loro, tutti avevano paura che i loro piani sarebbero trapelati e quindi rovinati.

La mancanza di comunicazione portò alle incomprensioni. I dinosauri, non conoscendo le intenzioni degli altri, immaginavano e pensavano cose non vere, credendo che stessero tramando qualcosa contro di loro.

Senza dubbio, il frutto d'oro era una benedizione per il progresso e il miglioramento della vita di tutte le specie, ma la competizione per ottenerlo era qualcosa che sfuggiva al controllo anche dei dinosauri più gentili e pacifisti.

I Diplodocus avevano normalmente una personalità calma, pacifica e intelligente. Erano quelli che aspettavano il momento migliore per agire, senza disperarsi, perché sapevano che anche un solo momento poteva cambiare tutto.

Il loro leader era Dell. Aveva pianificato una strategia il cui scopo era quello di raccogliere informazioni sui piani degli altri dinosauri e, sulla base di ciò, formulare il proprio. Avevano un grande desiderio di mangiarlo poiché erano dinosauri lunghi 27 metri, e consumare il frutto divino li avrebbe resi grandi non solo in dimensioni ma anche in intelligenza e personalità.

Poi c'erano gli Stegosauri che agivano d'impulso. L'intelligenza non faceva parte del loro essere, erano quelli che agivano rischiando il tutto per in un unico piano.

Il loro capo, Sorloth, non aveva pensato ad una strategia meticolosa. Tutto il branco sarebbe andato alla ricerca del frutto, e con la loro massa e forza avrebbero fatto cadere il frutto dall'albero. Per questo, avrebbero dovuto anticipare sul tempo altri gruppi di dinosauri, ma non lo avevano preso bene in considerazione perché erano più improvvisati e non pianificavano la loro vita.

Anche per questo gli stegosauri volevano ottenere il frutto, per avere molta più intelligenza, intuizione e poter migliorare in tutte le sfaccettature il loro cervello, che usavano poco e in malo modo a causa della loro mancanza di pensiero e impulsività.

Altri candidati erano gli Anchilosauri. Erano i più pigri tra i ranghi. Era sempre stato così; di solito, passavano il loro tempo dormendo o riposando da qualche parte nei boschi. Entravano in azione solo per procurarsi il cibo per poi sdraiarsi di nuovo. Le altre attività non erano troppo attraenti per loro.

Il loro capo, Anger, aveva pianificato per la prima volta di far partire tutti e posizionarsi sotto l'albero nascondendo il suo corpo roccioso sotto terra. Così, quando un altro dinosauro avrebbe abbattuto l'albero, il frutto sarebbe caduto nelle mani degli anchilosauri. Era un piano semplice che consisteva solo nello stare fermi e lasciare che il frutto arrivasse nelle loro mani. Volevano proprio avere le cose facili, tipico degli anchilosauri.

Rabbia e il suo branco volevano possedere il frutto in modo che desse loro la visione di come trovare il cibo in modo più facile, veloce, senza sforzi e senza dover consumare troppo tempo.

I brontosauri erano altri membri dei Rank, che desideravano impossessarsi del frutto d'oro e dei suoi poteri. Erano creature molto meticolose; cercavano sempre di essere un passo avanti agli altri, quindi questa sfida rappresentava per loro la possibilità di liberare tutta la loro intelligenza e attuare il piano migliore e più efficace.

Il loro leader, Brock, aveva studiato il centro della terra per alcuni mesi. Sapeva che lì crescevano molti alberi alti, quindi i 30 metri dei membri del suo branco rappresentavano un grande vantaggio. Per non far cadere l'albero perché non aveva abbastanza forza, avrebbero usato il metodo della scala, salendo uno sopra l'altro, per raddoppiare o triplicare la loro altezza.

I brontosauri volevano cogliere il frutto per trovare un modo per migliorare le loro tecniche e diventare molto più forti poiché sapevano che questo era uno dei loro difetti e spesso li portava a cambiare i loro piani.

Non solo queste specie erano in competizione per il frutto, anche la presenza dei brachiosauri era sicura. I brachiosauri erano una specie molto ambiziosa; volevano conquistare tutta la terra, il miglior cibo, le migliori tecniche per sviluppare la crescita della loro prole.

E anche se il passare degli anni, e l'alleanza con le altre specie, li aveva portati a capire che non potevano avere tutto nella vita, il frutto d'oro era un'opportunità per avere tutto senza dover passare anni a competere. Sarebbe stata un'unica battaglia, se avessero vinto sarebbe stato il loro più grande successo e si sarebbero assicurati il loro futuro.

Il dinosauro in carica era Beck. Sapeva che non avevano tanta velocità o forza come gli altri, ma le loro 80 tonnellate li avrebbero aiutati a scuotere il terreno e a far cadere a terra molti frutti. Questo avrebbe confuso i rivali e avrebbe vinto chi, con la vista migliore, avrebbe localizzato per primo il frutto. Il suo piano era semplice, si sarebbero diviso in due gruppi, il primo avrebbe creato il mini terremoto per far cadere il frutto mentre l'altro gruppo, chiamato, gli OSSERVATORI, lo avrebbero cercato per prenderlo.

Possedere e migliorare era un dono troppo grande e tutti lo volevano, e i brachiosauri non facevano eccezione; sarebbero stati forti rivali per le altre specie.

Ultimi ma non meno importanti erano i triceratopi. Erano molto soddisfatti del loro modo di vivere e delle loro caratteristiche, ma il frutto poteva offrire loro qualcosa che non ancora avevano, l'altezza, che li avrebbe aiutati a diventare grandi dinosauri come quelli che comandavano il Rank.

Timmy guidava il branco che considerava la sua famiglia. Pensava di usare le grandi corna che avevano come scudo per formare una barriera intorno all'albero in modo che nessuno potesse avvicinarsi. Questo doveva facilitare il lavoro di chi avrebbe abbattuto l'albero, con la loro forza.

I triceratopi avevano l'obbiettivo di aumentare la loro grandezza ad almeno 25 metri, ed erano disposti a tutto per portare a termine il loro piano e prendersi così l'evoluzione di cui avevano bisogno.

Tutti erano pronti. L'unica cosa che mancava era la notizia della venuta dell'albero nel luogo previsto.

Per questo, gli pterodattili erano pronti per fungere da informatori della profezia storica.

I giorni passavano e le notizie non arrivavano; i Rank cominciarono a disperarsi, molti iniziarono a nutrire dubbi sui loro piani, cercarono di cambiarli poiché l'ansia e la preoccupazione aveva fatto loro pensare che forse c'era qualcosa di sbagliato.

Una mattina di sole, accadde quello che tutti stavano aspettando, ma non come la profezia aveva previsto. Un albero gigante crebbe, ma non al centro della terra, bensì al centro della comunità di dinosauri erbivori. Quell'albero, che tutti avevano aspettato così a lungo, e per il quale avevano pianificato lunghi e intensi viaggi, era qui, vicino e alla portata a tutti. Era il momento di agire!

Tutti i Rank si misero in moto, era il momento di combattere per quel frutto d'oro, che avrebbe esaudito i loro più sinceri o nascosti desideri.

Corsero tutti, senza pensare ai piani o ai loro amici e compagni, la velocità di tutti era simile al loro desiderio. Arrivarono insieme davanti al grande albero senza capire che lo aveva raggiunto per primo, adesso erano tutti lì, a guardarsi, intorno al grande albero.

All'improvviso dall'albero uscì una voce che disse: "La profezia si compirà nel momento in cui una specie erbivora consumerà il frutto; chi lo farà avrà la benedizione degli dei insieme alla sua specie".

Si guardarono tutti intorno, i piani che avevano messo a punto per mesi non erano più possibile e attuabili; il momento però era arrivato, e dovevano agire in fretta.

Ogni leader si trovava di fronte al proprio branco. Tutti si vantavano di avere la situazione sotto controllo ma, al contrario, erano molto nervosi e non sapevano cosa fare.

Ad un certo punto i leader si guardarono negli occhi e furono tutti illuminati dallo stesso pensiero.

"Non litigheremo e non rovineremo la nostra amicizia per un frutto, anche se questo è allettante non romperà i nostri legami di amicizia sinceri e profondi!".

Una cosa inaspettata accadde, i capi di tutti i branchi si voltarono e ignorarono quell'albero che stavano da tanto aspettando ma che aveva quasi distrutto la loro amicizia.

Tutti i branchi si abbracciarono chiedendo scusa per aver quasi rovinato la loro amicizia, pace ed armonia. Per festeggiare questa unione ritrovata prepararono un grande banchetto di frutta con le migliori piante della foresta, da condividere tutti insieme.

Quel giorno impararono che nulla era al di sopra dell'amicizia e che è meglio godersi il cibo con gli amici che combattere per esso.

L'albero rimase lì per molti secoli, e divenne quell'opera che ricordava a tutti l'importanza di essere sempre uniti

EPS 10

L'unione dei dinosauri

Molto tempo fa, nella città di Pekka, c'era un gruppo di T-Rex che, insieme ai loro amici, trasformarono i loro sogni in realtà e riunirono tutte le comunità di dinosauri.

Pekka era una piccola comunità, molto lontana dalle altre comunità di dinosauri, composta solo da Tyrannosaurus Rex. La ragione era semplice: non amavano vivere con altre specie. Per questo motivo, Pekka era come una fortezza a cui solo i T-Rex avevano accesso.

Il leader dei T-Rex era conosciuto come Michael. Un dinosauro forte, intelligente, saggio e con molte abilità che lo classificavano come superiore tra tutti i suoi simili.

Qualche tempo fa, avevano cercato di alleare tutte le comunità, per una migliore coesistenza tra i dinosauri, tuttavia, il leader dei T-Rex, essendo molto testardo, pensava che non fosse necessario.

Anche se il leader, Michael, era quello che prendeva le decisioni a Pekka, c'erano altri che in qualche modo avevano una certa importanza e la loro parola un impatto; erano gli alti funzionari che formavano un consiglio per assisteva e aiutare il loro leader, anche se molto raramente riuscivano a fargli cambiare il suo modo di essere o ad agire.

Pekka era una comunità molto pacifica, lì, tutti i T-Rex, conducevano una vita tranquilla. Si dedicavano a lavori pesanti, si prendevano cura della loro famiglia cercando di diventare più forti per far evolvere la loro specie. Dato che non avevano l'aiuto di altri dinosauri, svolgere certi compiti era spesso un po' problematico.

I T-Rex erano forti, ma mancavano di alcune qualità che solo altre specie avevano, come la capacità di volare, arrampicarsi sugli alberi, essere veloci.

Per questo motivo i T-Rex si allenavano quotidianamente anche se, sfortunatamente, senza molto successo poiché, nonostante il loro grande desiderio, i loro corpi e le loro menti erano codificati solo per fare cose da T-Rex.

Il consiglio era composto da 3 dinosauri, che erano i pilastri di Pekka.

Ray, era il dinosauro più vecchio e il più saggio di tutta la comunità. Era incaricato di prendere decisioni grazie alla sua grande capacità di logica e di valori radicati fin dai suoi antenati. Era un dinosauro che predicava il rispetto anche per le altre specie. Un veterano molto saggio.

Erza, a differenza di Ray, aveva un comportamento più impulsivo. Era un'esperta di combattimenti, colei che addestrava i migliori guerrieri per la comunità di Pekka. Fin da piccola aveva mostrato il suo talento partecipando ai tornei di combattimento classificandosi sempre nei primi posti. Fu quando crebbe che Ray la considerò un dinosauro diverso dagli altri poiché era capace di combattere con il cuore per ciò che voleva.

Kino era il più giovane di tutti i membri del consiglio, aveva un dono per percepire le situazioni e quindi prendere la decisione migliore. La sua aria giovanile era in contrasto con i pensieri di Ray. Per questo era considerato quella voce della ragione che agiva quando Ray era accecato dalla sua testardaggine o Erza dalla sua impulsività.

I tre avevano un rapporto perfetto con Michael, potendo parlare con lui in totale trasparenza per risolvere qualsiasi situazione che si presentava nella loro comunità.

Le loro personalità erano intrecciate e si completavano, insieme formavano una squadra che guidava una comunità che era riuscita ad andare avanti da sola; tuttavia il futuro non sembrava molto buono.

Il numero di T-Rex cresceva, le occupazioni stavano cambiando, come il tempo e tutto il mondo intorno a loro.

Un giorno arrivò una lettera a Pekka. Arrivava della comunità Polow, meglio conosciuta come la comunità mondiale a cui apparteneva il resto delle specie di dinosauri, tranne, naturalmente, i T-Rex.

Avevano enormi tratti di terra su tutto il pianeta terra ed erano super ospitali con chiunque si unisse a loro.

Credevano nell'evoluzione, e la loro fiducia era così forte che sapevano che l'unico modo per affrontare il futuro con una visione ottimistica era che tutte le comunità fossero unite, in modo da potersi aiutare e completarsi a vicenda.

La lettera diceva: "Un cordiale saluto ai membri di Pekka, e al loro re, Michael. Scriviamo questa lettera motivata dal fatto che sappiamo che la vostra comunità sta incontrando alcune difficoltà nel risolvere certe situazioni. Il clima è cambiato, la terra è cambiata, le creature sono cambiate. Questo significa che anche i problemi sono cambiati, così come le soluzioni, quindi ancora una volta vi offriamo un posto nella nostra comunità, per meglio dire, la nostra famiglia, per fare di questo mondo un posto perfetto per tutti i dinosauri. Con amore la comunità Polow e il loro capo responsabile Jack, lo stegosauro".

In poco tempo il contenuto della lettera fu scoperto da tutti, il messaggio infatti era passato nelle mani di Jack, un dinosauro che aveva l'abitudine di raccontare tutto ciò che sentiva; ora tutta Pekka sapeva della lettera e del suo contenuto.

Si iniziò così a discutere se unirsi alla comunità globale di Polow fosse una buona idea.

Pekka ultimamente era stata colpita da forti venti, e non c'era modo di difendersi. I T-Rex si limitavano a nascondersi, in modo che la forte corrente d'aria non li colpisse. Questo causò il crollo di alberi, anche di intere foreste, che non furono in grado di riprendersi. La caduta degli alberi causò una totale mancanza di controllo del fiume, facendo filtrare le acque in luoghi che portarono inondazioni e danni a tutti.

I T-rex erano scarsi nuotatori, non riuscivano a risolvere completamente il problema delle acque e so lo portavano dietro senza riuscire a risolverlo completamente.

Molti altri problemi simili sorsero nella comunità, e pochissimi di essi vennero risolti alla radice, vuoi per incapacità vuoi per intelligenza. Questo dava molto da pensare a tutti ed era per questo che alcuni membri della comunità credevano che l'opzione migliore fosse quella di lasciare quel posto e unirsi al resto dei dinosauri.

Finalmente, dopo molte ore di conversazione, era arrivato il momento di decidere, e la votazione era iniziata.

Michael disse: "So che abbiamo attraversato molti problemi, ma né prima né adesso abbiamo bisogno dell'aiuto di altre comunità per poter andare avanti. Ecco perché voto per rimanere, troveremo nuove soluzioni per ogni problema che si presenterà, e da soli staremo molto meglio".

Tutti erano in silenzio, era la decisione del re, tuttavia mancava il parere dei 3 leader di Pekka.

In caso di parità, gli altri membri della comunità avrebbero avuto la possibilità di votare la loro decisione e spiegare le loro ragioni.

La seconda a votare fu Erza, che disse: "Michael ci ha sempre tenuti lontani dagli altri dinosauri per alcuni motivi. Non so perché, ma so che ci ama molto e fa sempre ciò che è meglio per noi. Io sono un guerriero; amo combattere, per me è come uno sport, e vivere con altri dinosauri sarà molto difficile. Forse sono un po' egoista, ma forse molti T-Rex la pensano come me. Io voto per restare. Non ho altro da dire sull'argomento".

Il voto era prossimo alla chiusura e alla decisione di rimanere isolati e senza aiuti esterni. Il prossimo a dover votare era Kino, il suo voto era molto importate e avrebbe deciso le sorti di Pekka. Se decideva di restare, quello sarebbe stato il risultato, vista la maggioranza.Tutti gli occhi lo seguivano, con poche parole stava decidendo il futuro di Pekka.

Si concesse qualche minuto per pensare e poi spiegò: "Tutti qui mi conoscono; sanno che non mi importa di quanta pressione io subisca, penserò e prenderò la decisione che credo migliore. Non siamo estranei ai problemi che la nostra comunità sta vivendo. Ed è più che evidente che le nostre soluzioni non hanno fatto altro che creare più problemi. So di essere un T-Rex e che insieme abbiamo fatto molta strada, ma penso che abbiamo raggiunto il nostro limite di poter fare le cose da soli. Ecco perché penso che la decisione più intelligente sarebbe quella di unirci agli altri dinosauri e forse non faremmo evolvere la nostra specie, ma faremmo evolvere il mondo. Spero che capiate il mio messaggio".

I voti erano 2-1, ora chi aveva la responsabilità era Ray, il saggio.

Che urlò: "Fin dai nostri antenati noi T-Rex siamo stati speciali e abbiamo avuto molte differenze con le altre specie, che ci hanno portato a creare la nostra comunità. Sarebbe una delusione per tutte le nostre leggende se ora decidessimo di lasciare la nostra casa e intraprendere una nuova avventura. Ecco perché io voto per restare e mostrare al mondo perché siamo speciali".

Tutto era stato detto, la votazione era finita, i T-Rex sarebbero rimasti, nonostante le circostanze sfavorevoli.

A Polow, ricevettero una lettera che li ringraziava ma con il rifiuto ufficiale dei membri di Pekka. Erano molto tristi perché pensavano che era il momento perfetto per unirsi.

Pochi minuti dopo aver ricevuto la risposta, un Archeopteryx arrivò con delle notizie. Una forte raffica di vento soffiava in direzione della comunità di Pekka. Questa raffica era qualcosa di mai visto prima e, senza dubbio, i T-Rex avrebbero avuto grandi problemi e distruzioni.

Il capo di Polow, insieme ai suoi compagni, partì senza pensarci due volte e si recò a Pekka per informarli e aiutarli come possibile. La raffica di vento cominciò a colpire Pekka; fu così veloce che non ebbero il tempo di reagire o di coprirsi, in un istante il vento si impadronì del posto.

Tutti correvano in direzioni diverse, il vento faceva male agli occhi ed erano confusi. Anche i capi erano persi; gridavano ordini, ma non nessuno riusciva a sentire dal forte rumore del vento.

Fu in quel momento che tutto si fermò, non per magia, i membri di Polow erano lì. Molti Archeotterigi fecero una barriera nel cielo, sbatterono le ali per tenere lontano il vento, ed ebbero successo nel loro compito.

I Diplodocus, con la loro grande forza e le loro grandi dimensioni, aiutarono a rimuovere gli alberi dalla strada. I velociraptor, veloci come i fulmini, raggiunsero e riunirono i T-Rex che erano stati separati dal gruppo e si erano smarriti. Fu un perfetto lavoro di squadra che riuscì a salvare Pekka. I T-Rex erano felici e grati, ringraziarono sentitamente gli altri dinosauri e festeggiarono per avere la loro casa intatta.

Michael guardò i suoi consiglieri e tutti e tre annuirono con la testa; sembravano pensare la stessa cosa. Da quel giorno, i T-Rex capirono che l'unione faceva la forza e che gli amici erano lì per colmare le mancanze che l'altro possedeva. Pekka cessò di esistere. Ora è solo una grande foresta, conosciuta come la foresta dell'alleanza.

Ora la grande comunità di dinosauri cammina per il mondo in pace, sapendo che possono contare nell'aiuto degli altri per risolvere qualsiasi problema si presenti.

Il mondo è riuscito ad evolversi grazie al cambiamento di pensiero dei T-Rex e dell'alleanza. L'era dei dinosauri si è finalmente trasformata in una famiglia felice per sempre.

Thiva il sognatore

Qualche tempo fa, c'era una serie di competizioni, dove partecipavano diverse specie di dinosauri, per testare le loro abilità e divertirsi.

Questo festival si chiamava Sagal, in onore di un grande dinosauro che era noto per la sua gentilezza e inaugurò questi giochi, per integrare tutte le specie di dinosauri. Il successo fu tale che si festeggia ancora oggi.

Il festival di Sagal riuniva tutte le specie di dinosauri, da quelli terrestri a quelli marini, passando naturalmente per quelli volanti. Tutti erano i benvenuti e andavano molto d'accordo. C'era un'atmosfera di sana competizione dove tutti volevano vincere ma soprattutto divertirsi.

Le attività che si svolgevano erano varie, ed erano strutturate per far divertire tutti ed ottenere il massimo potenziale di ogni specie. Alcuni andavano meglio in un'attività e altri meno, ma alla fine tutti avrebbero trovato una gara adatta alle loro caratteristiche.

Questo era anche l'occasione in cui i leader di ogni specie di dinosauro si riunivano per parlare e condividere le aspettative per il futuro come la grande famiglia che erano.

Tutti i dinosauri erano eccitati per la grande festa di Sagal, ma ce n'era uno in particolare che aveva quel giorno segnato sul calendario da molto tempo.

Il suo nome era Thiva, un giovanissimo Plateosauro che fin da piccolo aveva sentito tutte le belle storie che i suoi fratelli gli raccontavano, su quanto fosse fantastica Sagal.

Thiva era un dinosauro sognatore, amichevole, empatico ed estroverso, ma aveva un piccolo difetto, quando si poneva un obiettivo, voleva raggiungerlo ad ogni costo, anche se era impossibile. Aveva difficoltà a capire cosa poteva essere fatto e cosa no. Fu sua madre a parlargli spiegandogli che c'erano alcuni sogni che non potevano essere realizzati, per certe ragioni logiche, e che doveva avere obiettivi reali e che potessero essere raggiunti.

All'inizio, Thiva pensava che tutti andassero contro i suoi sogni e che chi ragiona così non avrebbe mai avuto successo nella vita. Ma poi capì che non si trattava di questo e ringraziò la madre per l'ottimo consiglio.

Anche quando sentì le storie del festival di Sagal sentì un grande sogno crescergli dentro, vincere in tutte le competizioni del festival e passare alla storia come l'unico dinosauro capace di realizzare questa impresa.

Sarebbe stato certamente ricordato negli anni, persino nei secoli, come la gara di dinosauri numero uno.

Nelle settimane successive rimase chiuso in cantina e si vide molto poco in giro, anche gli amici lo davano per disperso, chissà cosa stava preparando.

Il giorno tanto atteso, segnato con una grande X rossa sul calendario, stava finalmente arrivando, e il festival sarebbe stato solo pochi giorni dopo.

I dinosauri cominciarono ad arrivare uno dopo l'altro. Alcuni vivevano più lontano di altri, ma tutti avevano avrebbero attraversato l'intero pianeta, per raggiungere il luogo dove si sarebbe svolto il festival.

Nonostante il lungo viaggio, tutti avevano il sorriso sulle labbra, perché erano felici di partecipare e condividere quella grande avventura con gli altri amici dinosauri.

Thiva incontrò i suoi amici, Flavio e Renan. Disse loro: "Sono troppo felice, finalmente sono arrivati i giorni del Festival. Sono molto emozionato e so che vincerò tutte le gare che mi verranno proposte".

Flavio, guardandolo un po' sorpreso, commentò: "Capisco la tua gioia Thiva, ma ti sei allenato? Sono giorni che ti vedo solo a sognare! Anche tutti quei dinosauri che stanno arrivando hanno l'intenzione di vincere, e sicuramente fatto tanta pratica".

Thiva gli rispose: "Non preoccuparti. Ho fatto solo un po' di pratica, ma ho molta fiducia in me stesso e so cosa voglio. Quindi non ho paura di nessuna sfida, mi cimenterò in tutto, e realizzerò il mio obiettivo! Farò la storia e verrò ricordato per sempre!".

Renan intrufolandosi nella conversazione "Ma Thiva, Flavio ha ragione, e più che altro perché vuoi vincere tutte le sfide, sicuramente tanti dinosauri gareggeranno nelle loro categorie specifiche e saranno molto allenati e forti. Non so se riuscirai a batterli, dovresti esserti allenato non solo per giorni ma per mesi per perfezionarti in tutte le gare in cui vorresti vincere".

Con un tono scherzoso, Thiva rise e spiegò: "Basta ragazzi, cosa c'è che non va? Non vi fidate di me? Sapete che tutto quello che mi sono prefissato di fare, l'ho sempre raggiunto e questo non farà eccezione. Mi sentirò orgoglioso di me solo quando avrò tutte le medaglie, e lo sarete anche voi perché sarete gli amici del dinosauro che ha fatto la storia del Sagal Festival".

Il calendario arrivò finalmente alla data prefissata per l'inizio delle gare: era il 15 novembre, il Sagal festival era ufficialmente iniziato.

Tommy, un famoso e saggio dinosauro, era il dinosauro scelto per essere l'ospite d'onore e lo speaker del Sagal festival. Avrebbe annunciato i giochi, i vincitori, le regole e molto altro.

Si riunirono tutti e Tommy prese la parola: "Benvenuti a tutti. So che alcuni di voi vengono da molto lontano. Quindi dico a tutti, e soprattutto a loro, che ne è valsa la pena fare un lungo viaggio per partecipare a questo fantastico festival. Quest'anno avremo diverse categorie dove ogni dinosauro potrà dimostrare le proprie abilità. Auguro a tutti buona fortuna e ricordate che più importante che vincere è divertirsi e passare dei bei momenti, insieme a tanti amici e compagni".

Ha continuato, "Ora vi dirò tutto sulle categorie e le attività che si svolgeranno in modo che possiate iscrivervi".

Tommy spiegò che il festival avrebbe riguardato 4 categorie: un evento per i dinosauri volanti, uno per quelli marittimi, un altro per la forza e l'ultimo per la velocità.

Era già tutto pronte e allestito e rapidamente l'azione inizi, il primo evento stava per iniziare.

Tommy istruì i partecipanti: "Il primo evento consisterà nel volare per una certa distanza e nel passare attraverso alcuni ostacoli che abbiamo messo a varie altezze. Tutti i partecipanti partiranno scaglionati e avranno una distanza l'uno dall'altro in modo che non si scontrino tra loro. Vincerà colui che per impiegherà meno tempo per raggiungere l'altro lato della foresta e attraversare il traguardo, che si troverà sulla cima di una grande montagna".

I microraptor, gli pterodattili, gli archaeopteryx e altri dinosauri voalnti erano pronti per partire e iniziare la prima sfida. Ma si fermarono quando videro che c'era uno strano partecipante a questa competizione. Era Thiva, armato di coraggio e di ali che aveva costruito con le foglie degli alberi più morbidi; si diresse verso la partenza con tanta fede per spiccare il volo e per riuscire a fare meglio dei suoi amici alati.

Tommy era molto sorpreso, era la prima volta nella storia che questo accadeva, ma non c'era nessuna regola contro la partecipazione di Thiva. Tutti gli raccomandarono di non farlo, poteva essere pericoloso ma lui non li ascoltò, aveva fiducia in sé stesso e sapeva che avrebbe vinto.

La gara ebbe inizio, Thiva sbatté le ali con tutte le sue forze, alzandosi da terra, alcuni dinosauri, che avevano esperienza nel volo, rimasero stupiti e rimasero immobili a guardarlo. La sorpresa si impadronì dell'atmosfera, ma non durò a lungo, perché la forza di Thiva si esaurì e cadde su alcuni alberi morbidi.

L'avventura di Thiva in questa sfida era finita, un microraptor riuscì ad ottenere la medaglia d'oro.

Thiva era un po' frustrato da quello che era successo, tuttavia, non aveva intenzione di arrendersi, c'erano ancora 4 sfide, poteva ancora fare la storia di Sagal.

Il secondo evento vide la presenza di ittiosauri, askeptosauri, kronosauri e molti altri. Thiva lasciò di nuovo tutti senza parole presentandosi alla partenza.

La sfida consisteva nel nuotare tante miglia marine, andare nelle grotte sotto l'isola e superare tutte le difficoltà delle correnti marine. Colui che sarebbe riuscito ad arrivare per primo sarebbe stato il vincitore.

Thiva deglutì seccamente. Sapeva già quanto fosse complicata questa categoria, inoltre, non era esattamente un buon nuotatore e ancor meno da grandi profondità.

L'evento iniziò ma quasi subito Thiva ebbe molte difficoltà a nuotare, il suo corpo non era fatto per quello, dopo tutto, era un plateosauro.

Gli costava così tanta fatica che senza rendersene conto stava affondando lentamente senza avanzare. Fortunatamente, Tommy se ne accorse e ordinò di tirarlo fuori dall'acqua immediatamente.

Mentre tutto questo accadeva, dall'altra parte dell'isola, un ittiosauro aveva raggiunto il traguardo, vincendo la medaglia d'oro.

Thiva cominciò a sentire la pressione, forse pianificare di vincere tutte e quattro le categorie era troppo. Così si concentrò sulla vittoria delle due rimanenti.

Il terzo evento riguardava la forza, i dinosauri dovevano distruggere rocce giganti e il vincitore sarebbe stato il più veloce a farlo.

La presenza di Thiva era ormai assodata, ma alcuni ancora non riuscivano a capire perché il giovane plateosauro stesse facendo questo.

Come previsto, questo evento aveva grandi candidati come i T-Rex, i triceratopi, i pachycephalosauri e tanti altri immensi dinosauri.

L'evento iniziò e pezzi di rocce iniziarono a volare dappertutto, tutti si stavano impegnando a distruggere i grandi massi, ma Thiva non riusciva nemmeno ad abbattere la prima roccia.

Non appena riuscì a fare qualche piccolo danno alla roccia l'evento finì, la vittoria arrivò ad un possente T-Rex.

Thiva si stava deprimendo, il suo sogno stava diventando un incubo; era rimasto un solo ed ultimo evento da giocare ed era lo speed event, la gara di velocità.

L'evento di velocità iniziò tanto velocemente quanto finì. I favoriti erano i velociraptor, campioni imbattuti. Quest'anno non sarebbe stato diverso. Avevano conquistato il primo posto.

Thiva abbassò la testa, depresso. Non poteva crederci, non solo non aveva vinto nessuna medaglia, ma non ci era nemmeno andato vicino. I suoi amici si avvicinarono per confortarlo e incoraggiarlo, sapevano che ci aveva provato.

Tommy disse ad alta voce: "Quest'anno, oltre ai premi già citati, ne avremo uno diverso. Un premio per il coraggio di Thiva, che nonostante le difficoltà che la sua specie ha avuto per partecipare alle diverse categorie, ha sempre lottato per il suo sogno. Questa volta non ha potuto realizzarlo, ma sono sicuro che l'anno prossimo con molta più pratica sarà uno dei migliori candidati per ogni categoria".

Da quel giorno, Thiva ha imparò che i sogni non sono solo da immaginare, ma bisogna lavorare molto duramente se si vuole raggiungere il successo.

Anni dopo, Thiva divenne il conduttore e il dinosauro ricordato per essere l'unico capace di riuscire in tutte le sfide.

Un giorno speciale

Nella grande terra si narra di Aslan, un grande paradiso per i dinosauri, pacifico, tranquillo, felice, dove tutti vivevano insieme ed erano felici.

Tuttavia, con il passare del tempo, Aslan divenne sempre di più solo una grande leggenda, poche specie vivevano lì. E questo non perché quel luogo fosse decaduto o fosse successo qualcosa di negativo nell'ambiente, al contrario, era ancora più bello e meraviglioso. Aveva grandi montagne ed estensioni di aree verdi estremamente belle. Fiumi, laghi, ruscelli e una natura che chiunque avrebbe invidiato. Con il tempo divenne ancora più impressionante. Era come se quel posto fosse stato benedetto dagli dei.

Ma la convivenza delle diverse specie di dinosauri, iniziava a creare problemi. Così tante e diverse personalità creavano problemi di incomprensioni. All'inizio si cercò di risolverle parlando e tutto finiva con delle scuse e la comprensione del malinteso. Ma poi le cose si fecero sempre più complicate, la popolazione cresceva, le specie crescevano e cambiavano la mentalità, iniziarono a pensare che il mondo era molto grande e lì, in quel meraviglioso paradiso, si sentivano bene ma intrappolati.

I diversi punti di vista e pensieri, portarono le diverse specie ad allontanarsi da Aslan e separarsi in tutto il mondo.

I pensieri dei dinosauri erano contrastanti, quelli che rimasero ad Aslan, pensavano che quelli che erano partiti avevano abbandonato la casa e l'amicizia. Al contrario, quelli che erano partiti pensavano che quelli che erano rimasti ad Aslan fossero conformisti e non fossero capaci di esplorare il mondo, per paura di incontrare qualcosa di nuovo che potesse piacere anche a loro.

Alla fine, i pettegolezzi, e quello che si dicevano alle spalle l'uno dell'altro, raggiunsero un punto tale per cui i capi di ogni specie dovettero intervenire per farli finire.

I triceratopi furono i primi a decidere di lasciare Aslan. Pensavano sempre al loro branco e al meglio per il loro gruppo; ecco perché una casa migliore poteva portare grandi benefici a tutti loro, questo era il loro pensiero.

Il loro capo era George, un dinosauro intelligente, scaltro, gentile, molto affettuoso con i membri del suo branco e con le altre specie. I triceratopi andarono a vivere sugli altipiani, là avevano una grande libertà di movimento e i loro grandi corpi potevano riposare ovunque.

Gli stegosauri inizialmente si rifiutarono di lasciare Aslan. Li si trovavano a loro agio ma questo cambiò ben presto quando il loro capo venne a conoscenza delle nuove vite dei loro amici triceratopi, che avevano trovato una nuova e confortevole casa.

Samir era il nome del leader degli stegosauri, un dinosauro che si caratterizzava per essere un visionario, ma sempre attento ai suoi compagni. Li condusse in grandi foreste piene di piante e frutti e trasformò quel luogo nella loro nuova casa.

I T-Rex, erano i più problematici, erano abituati a fare battaglie amichevoli, ma finivano sempre per abbattere alberi e lanciare pietre in aria e in ogni direzione. Questo infastidiva gli altri dinosauri, e fu per questo che i T-Rex decisero di andare in un posto più riservato.

Tom era il capo dei T-Rex, un dinosauro impulsivo dalla nascita, ma consapevole dell'importanza dei membri del suo branco per la comunità dei dinosauri. La leadership di Tom era così buona che i T-Rex non erano mai aggressivi con gli altri, sempre calmi, e usavano la loro forza solo per aiutarsi a vicenda o per giocare. Si trasferirono nelle grandi valli del nord, dove avevano completa libertà, e la loro specie si adattò così bene a questo luogo che si moltiplicarono rapidamente.

Anche gli pterodattili decisero di lasciare Aslan. Avevano bisogno di fare tutti i loro nidi vicini e questo stava diventando sempre più difficile perché ad Aslan c'erano molti pochi alberi adatti a creare un loro nido.

Dave era il nome del capo degli pterodattili, un dinosauro capace di dare tutto sé stesso e la cui grande empatia per gli altri lo aveva portato a guidare una specie difficile da gestire come quella dei dinosauri alati. Si spostarono in luoghi dove trovarono grandi estensioni di alberi e grotte erano adatte al loro sviluppo; preferivano zone fredde e libere da altre specie.

Gli apatosauri, una specie simile al brachiosauro, per forma e dimensioni, avevano deciso di partire, per avere una vita migliore e avventurosa.

Il loro capo, Reinald, era un giovane dinosauro, pieno di energia, motivato e carismatico. Il suo branco lo sosteneva pensando che sarebbe stata una delle specie che avrebbe scoperto nuovi posti sulla terra. Così, quando si aprì l'opportunità di lasciare Aslan, Reinald non esitò e lanciò il suo piano di esplorazione al suo gruppo che fu felice di seguirlo.

Molte altre specie si trovavano in tutto il mondo. Di diverse caratteristiche, aria, mare, terra, molti avevano deciso di espandere l'era dei dinosauri, a tutto il pianeta.

Tuttavia, le asperità tra alcune specie dovevano ancora essere appianate. Beh, non tutti avevano preso la separazione nel modo migliore. E anche se avevano deciso di ignorarsi a vicenda per vivere in pace, questo non era del tutto giusto, perché prima erano stati tutti una grande famiglia e quei legami non potevano essere interrotti così facilmente.

Il brachiosauro era una delle poche specie che aveva deciso di rimanere ad Aslan. Il motivo era semplice: stavano bene in quel posto.

Il loro capo era Max, un dinosauro perseverante, amichevole e molto perspicace. Le sue decisioni, anche se alcune sembravano un po' folli, avevano sempre successo. Tra i brachiosauri, spiccava un dinosauro che era sempre attivo in tutte le riunioni che si tenevano nel branco.

Il suo nome era Axel, un giovane brachiosauro che aveva un dono speciale. Era un sognatore, lungimirante e caparbio nel realizzare i suoi sogni.

Axel non era molto contento della separazione della comunità dei dinosauri, Max gli aveva spiegato che questa era la cosa migliore per alcune specie, ma sentiva dal profondo del suo cuore che tutte le specie, dovevano essere collegate nel loro cuore.

Così escogitò meticolosamente un piano per unire nuovamente i legami tra tutti i dinosauri. Sapeva che sarebbe stato difficile, ma questo lo rendeva ancora più motivato nel realizzare il suo piano.

Axel parlò con il suo capo e chiese il permesso di visitare quei dinosauri che avevano lasciato Aslan, per convincerli a partecipare ad una grande festa. Tutti i brachiosauri sapevano che era una follia, e rimasero stupiti quando Max accettò il piano rischioso di Axel.

Come sempre, le decisioni di Max erano un po' strane, ma tutto il suo branco si fidava di lui e della sua sagacia, così ora Axel aveva l'appoggio del capo per fare questa festa. Axel così intraprese il suo viaggio, avrebbe visitato le nuove case dei vecchi amici, per convincerli a partecipare alla grande festa.

Per prima cosa, si recò su un'altura situata a sud, dove stavano i triceratopi. Lì, fu accolto da George che, amichevole come sempre, gli diede un grande benvenuto e lo fece sentire come uno di famiglia.

Axel presentò la sua idea. George non esitò ad accettare. Aveva sempre voluto incontrarsi di nuovo con gli altri dinosauri, e questa era un'occasione perfetta.

La seconda fermata fu in una foresta, con grandi alberi pieni di frutti, senza dubbio, era la casa dello stegosauro. Samir lo accolse, un po' sospettoso, non conoscendo le intenzioni di Axel.

Alla fine però, decise di partecipare alla festa, ma se qualcosa fosse andato storto, sarebbero tornati. La sua natura prudente non cessava nemmeno nelle riunioni amichevoli.

Partì per la valle del nord, il posto perfetto per gli imponenti T-Rex. All'arrivo, li trovò attenti ad ascoltare un discorso del loro capo, Tom.

Dopo la spiegazione dettagliata di Axel, Tom propose una gara di forza, se avesse vinto, i T-Rex sarebbero andati da Aslan. Axel sapeva che era impossibile battere un T-Rex in forza, ma non aveva altra scelta che accettare. La sfida consisteva nello spostare una roccia gigante. Tom vinse facilmente, Axel sapeva che tutto era perduto, ma poi il capo dei T-Rex disse: "Apprezzo il tuo coraggio nella competizione, Axel, anche sapendo quanto fosse difficile battermi. Per questo ti daremo l'opportunità e verremo, conta su di noi". Avevano i T-Rex.

Con gli pterodattili, non ci furono problemi, anche Dave aveva pensato di fare qualcosa di simile, quindi diede ad Axel il suo pieno appoggio.

Gli apatosauri, guidati da Reinald, considerarono la celebrazione come una nuova avventura per la loro famiglia e tornare alle origini era anche divertente. Accettarono immediatamente.

Alex tornò, dopo aver distribuito l'invito in tutto il mondo conosciuto e presto arrivò il grande giorno.

Fu la più grande festa mai vista, con musica, cibo e tante bevande. Tutto era decorato per accogliere le diverse specie, l'ambiente era unico, pacifico, calmo, nell'atmosfera si respirava fraternità. Tutti erano felici e la festa fu un grande successo, meglio del previsto. Axel era riuscito nel compito di riunire tutti i dinosauri.

I capi di ogni specie dichiararono quel giorno come il giorno della riunione dei dinosauri. Ogni anno, da allora in poi, i dinosauri avrebbero attraversato il mondo, per visitare Aslan e tenere una grande festa.

Fu un giorno storico, pieno di grandi emozioni, gioie, riunioni, nuovi legami e molto amore.

Dopo di che ogni rispettivo branco tornò alla propria casa, lasciandosi Aslan alle spalle, ma con la voglia di tornare l'anno successivo.

I dinosauri erano di nuovo separati, ma solo fisicamente, i loro cuori erano ancora ferventemente uniti da una grande amicizia.

Un'avventura tra amici

C'era una volta, nella Norvegia orientale, un ragazzo di nome Sander, che, insieme ai suoi amici, riuscì a fare una grande esperienza con alcuni dinosauri storici.

Sander viveva in una piccola e tranquilla città chiamata Normah. La vita scorreva lentamente, le mattine erano un po' più calde, i bambini andavano a scuola mentre gli adulti lavoravano. Nel pomeriggio, tornati da scuola i bambini facevano i compiti poi si dedicavano ai giochi o alle loro attività preferite prima di andare a dormire, tutto scorreva in perfetta armonia.

Sander, si incontrava spesso con i suoi amici, che vivevano vicino a casa sua, per discutere di qualcosa che era successo a scuola, divertirsi insieme o semplicemente giocare a un videogioco.

Sander era un ragazzo molto affettuoso sia con la sua famiglia che con gli amici. Aveva il dono della spontaneità ed era molto espansivo, riusciva a fare amicizia con tutti in modo semplice e naturale, era il tipo di persona che piaceva a tutti.

Era proprio così, parlava delle cose che gli piacevano, prestava sempre attenzione a tutti i suoi amici, per lui riuscire a fare amicizia era molto importante, erano legami che sarebbero durati nel tempo.

Tra tutti gli amici che Sander aveva, solo alcuni erano speciali, erano stati con lui fin da quando era piccolo ed erano cresciuti insieme. Erano Martin, Caesar e Carlos.

Martin era un ragazzo serio, si preoccupava molto per tutto quello che doveva fare, forse troppo, soprattutto per i suoi studi. Era sempre alla ricerca dei suoi migliori amici con i quali amava vivere grandi avventure.

Al contrario di Martin, Caesar era molto allegro, non amava troppo la serietà, faceva sempre battute e cercava un modo per far sorridere i suoi amici. Era molto avventuroso, impetuoso, carismatico e, per lui, ogni giorno era una nuova esperienza, insieme ai suoi amici più cari.

Carlos era un po' introverso, difficile da capire. A volte era allegro, altre volte più serio, ma di solito aveva un atteggiamento neutrale. Era il tipo di persona che analizzava molto le cose prima di agire, anche se non esitava a divertirsi perché, con i suoi amici speciali, aveva i momenti più felici.

I quattro grandi amici erano stati insieme fin dall'infanzia ed anche i loro genitori erano grandi amici. Avevano frequentato tutti lo stesso asilo, poi la stessa scuola e, naturalmente, erano vicini di casa.

Erano un gruppo affiatato in cui ognuno completava l'altro, erano abituati a vedersi e stare insieme quotidianamente.

Essendo nella stessa classe andavano sempre a scuola insieme, amavano le lezioni, specialmente quelle di geografia, dove imparavano sempre cose nuove e interessanti.

Un giorno il loro insegnante promise loro una sorpresa, secondo lui avrebbero avuto una delle migliori lezioni di sempre, gli avrebbe dato un insegnamento indimenticabile.

I ragazzi erano molto eccitati, anche il giorno prima, quando si incontrarono a casa di Sander, era l'argomento del giorno e non riuscivano a smettere di parlarne.

Tutti cominciarono a mettere sul tavolo le loro teorie, quale sarebbe stata la sorpresa li rendeva impazienti.

Sander disse: "Forse è qualche viaggio in una grotta misteriosa".

Martin rispose: "O qualche prototipo scheletrico di un animale che studieremo. Solo che abbiamo già studiato quasi tutti gli animali".

Cesare commentò: "Non importa cosa sia, basta che possiamo divertirci e io sarò felice. Meno andare in qualche posto alto, naturalmente. Sanno molto bene che non mi piacciono le altezze".

Carlos ha spiegato: "Non credo che si tratti di nessun viaggio, perché per quello abbiamo bisogno del permesso dei nostri genitori e loro non ci hanno detto nulla. Qualche prototipo avrebbe senso, solo che non sarebbe così affascinante come ci ha detto l'insegnante. E per quanto riguarda te, Cesare, sicuramente ci sarà da divertirsi se saremo insieme. Credo sinceramente che sarà una classe interattiva o qualcosa di didattico che non abbiamo mai fatto prima, ma avrà lo scopo di migliorare il nostro apprendimento".

Cesare gli rispose: "Non rovinare i nostri pensieri divertenti, Carlos, preferisco l'idea di una gita in una grande grotta. Non ti piacerebbe? Non mentirmi".

"Certo, mi piacerebbe. Anche se la vedo molto difficile, sarebbe molto emozionante", rispose Carlos e poi scoppiò a ridere.

Il giorno dopo tutti gli studenti aspettavano con ansia il professore.

Si presentò un po' più tardi con un grande televisore e una cassetta in mano.

Prima di iniziare la riproduzione del nastro disse: "Ragazzi, come sapete abbiamo studiato quasi tutti gli animali che abitano la nostra terra, ma ancora non conoscete quelli che abitavano molto prima che noi esistessimo. Quelli sono i dinosauri e ora ve li presento".

Iniziò la riproduzione del nastro, dove si spiegava cosa erano i dinosauri, chi erano, dove vivevano e quali erano le qualità a seconda della loro specie. I ragazzi rimasero incollati allo schermo per lo stupore. Non avevano mai visto niente di simile. Stavano conoscendo gli animali storici che camminavano sulla terra secoli fa.

Alla fine della giornata, senza dubbio, quella lezione aveva soddisfatto tutte le aspettative degli studenti. Nessuno immaginava l'esistenza dei dinosauri, non ne avevano mai sentito parlare, e da qui la loro grande sorpresa. Il professore aveva aperto loro un grande universo su quello che era l'antico pianeta Terra e le specie che lo abitavano.

Sulla strada di casa, gli amici continuavano a parlare di quanto fossero meravigliosi i dinosauri. Avrebbero voluto continuare a parlarne per tutto il giorno, ma avevano altri obblighi da rispettare, i compiti della scuola e alcune faccende case.

Anche mentre facevano i compiti o rimettevano in ordine la cameretta, non riuscivano a smettere di pensare ai dinosauri.

Sander pensava a come quegli animali potessero essere così giganti e ora fossero così piccoli, era come se la Terra fosse cambiata completamente.

Martin continuava a rivedere le immagini che aveva visto e si chiedeva come sarebbe stata la vita ora se i dinosauri fossero esistiti, senza dubbio la coesistenza tra i dinosauri e gli umani sarebbe stata qualcosa di difficile da prevedere.

Cesare, si immaginava sul dorso dei grandi dinosauri, faceva grandi passeggiate attraverso i meravigliosi paesi di tutto il mondo, fermandosi a guardare maestosi paesaggi. Per lui il divertimento non conosceva tempo.

Carlos si chiese come non aveva mai sentito parlare di dinosauri prima, poi si la mente iniziò a pensare a quali altre creature potessero essere esistite in tempi antichi e che non erano state registrate.

Quel giorno c'erano troppi compiti e inoltre tutti avevano avuto difficoltà a concentrarsi, così erano in ritardo e non avevano potuto fare la loro riunione come al solito.

Così dovettero trattenere la voglia di parlare di dinosauri tutta la notte, ne avrebbero parlato il giorno dopo a scuola.

Sander ne approfittò e cercò su internet alcuni video sui dinosauri finché non si sentì molto assonnato e decise di andare a dormire.

Ma quella notte era strana, mentre dormiva, sentì il suo corpo diverso, poteva sentirsi sveglio anche quando dormiva, che strana sensazione. Quando aprì gli occhi si trovò di fronte ad un grande paesaggio che non aveva mai visto prima.

Mentre cercava di capire dove si trovava, sentì un ruggito! Fece un sobbalzo e cercò di strofinarsi gli occhi, credeva che quello che stava vedendo non fosse reale! In quel momento si rese conto che le sue mani erano molto corte. Quando guardò bene il suo corpo, era molto diverso. Non era più un umano!

Sander si era trasformato in un grande dinosauro con le zampe anteriori molto piccole. Non c'era dubbio, l'aveva visto nel video, era un T-rex.

Non aveva impedimenti, poteva muoversi liberamente ed era con altri della sua specie, che sembravano indicargli la strada.

Continuò ad avanzare e notò come il suo grande corpo gli permettesse di avere una grande forza e di distruggere grandi rocce semplicemente colpendole. Non aveva mai provato nulla di simile, era come avere il potere di un supereroe.

Non esitò a testare la forza della sua mascella, rompendo una grande noce di cocco, con solo un piccolo sforzo. Sander sorrise, stava vivendo nella terra che aveva conosciuto poche ore prima.

Vicino a casa sua, Martin continuava a pensare ai dinosauri e alle loro qualità speciali, finché non si addormentò.

Si svegliò immediatamente perché il suo corpo si muoveva a una velocità impressionante, che non riusciva a controllare.

Martin cominciò a porsi delle domande, come poteva correre se pochi secondi prima era nel suo letto e stava per dormire?

Quando se ne accorse, si rese conto che non era il suo corpo. Le sue zampe erano più piccole, il suo corpo agile e aveva la forma di un dinosauro. Sapeva cos'era, era un velociraptor.

Il sempre preoccupato Martin, per la prima volta, non fece caso alla sua velocità, né pensò troppo alle cose, semplicemente corse a tutta velocità. Sentiva come il vento gli sfiorava il viso, si stava liberando di tutto lo stress, era davvero felice.

Dall'altra parte del quartiere, Caesar stava finendo di giocare ai videogiochi e poi andò a letto. Era molto stanco e si addormentò subito.

Sentiva che le sue braccia si allungavano troppo e si è lasciato andare. Era molto comodo.

Il vento cominciò a coprire tutto il suo corpo, poi aprì gli occhi; pensava di aver lasciato una finestra aperta, ma no, era in cielo, in volo.

La sua sorpresa fu maggiore quando si rese conto che non era il suo corpo a farlo, era uno pterodattilo.

Cesare era molto rilassato e gli piaceva vivere le sue esperienze, quindi non si fece molte domande. Cominciò a fare capriole, volando da una parte all'altra, restando in bilico per qualche secondo, scendendo, e poi volando di nuovo. Certamente gli piaceva volare.

Proprio accanto alla casa di Caesar viveva Carlos. Si interrogava ancora sui dinosauri, tanto che si addormentò mentre leggeva su una specie specifica che aveva attirato la sua attenzione, il triceratopo.

Il suo sonno era molto pesante. Così, quando sentì che il suo corpo si sentiva strano, capì che c'era qualcosa sotto.

Decise di girarsi dall'altra parte del letto, ma il suo letto era cambiato, ora era erba e il suo corpo era lo stesso della specie di cui aveva letto.

Sapeva che si trattava di un triceratopo e cominciò ad usare le sue corna per abbattere alberi e mangiare frutta, finalmente poteva sentire quella sensazione di cui aveva letto tanto, una specie intelligente, capace di procurarsi il cibo.

Carlos continuò a sperimentare e a divertirsi nel corpo di un dinosauro.

Gli amici fecero i loro rispettivi sogni durante la notte.

Il giorno dopo erano ansiosi di raccontarsi la loro esperienza.

Appena si videro dissero contemporaneamente: "Non sai cosa è successo ieri nei miei sogni, ero un dinosauro!".

Si fissarono e si resero conto che la loro connessione tra amici e il loro recente interesse per i dinosauri li aveva portati a connettersi nei loro sogni.

Da quel giorno decisero di studiare di più le antichità della Terra e i dinosauri.

FEELING THE SPEED

Una gara indimenticabile

La città di Fazio racconta la storia di come un piccolo dinosauro ha creduto in sé stesso ed è riuscito a diventare il dinosauro più veloce del mondo.

La città era una comunità di Velociraptor tranquilla e pacifica, un luogo dove tutti erano uniti, andavano d'accordo e non serviva a nulla.

A volte i dinosauri facevano delle gite o delle escursioni e uscivano dalla città per esplorare questi altri luoghi.

Tutti i velociraptor che uscivano da Fazio erano d'accordo su una cosa, anche se il mondo al di fuori era molto bello e aveva luoghi affascinanti, nulla era come essere lì, nella loro tranquilla e calma cittadina dove tutti si sentivano come una grande famiglia.

Fazio aveva un velociraptor storico, chiamato Dan, diventato famoso per essere il più veloce del mondo. Divenne una grande attrazione per gli altri velociraptor che arrivavano e lo sfidavano per vedere se era vero o meno.

Dan era molto intelligente e voleva far crescere la sua comunità, così offriva un accordo agli sfidanti. Se riuscivano a batterlo, gli avrebbe consegnato il titolo di dinosauro più veloce del mondo e sarebbe diventato il leader del suo branco, altrimenti, se gli sfidanti perdevano, avrebbero dovuto trasferirsi con il loro branco nella loro comunità. Questo per far crescere gradualmente la città creando una famiglia sempre più grande.

Gli sfidanti si susseguivano ma Dan vinceva sempre, nessuno riusciva a stargli dietro, era conosciuto come il più veloce del mondo. Era l'unico Velociraptor che non aveva ancora perso una gara. La città divenne così grande che ormai tutti i Velociraptor del mondo ne facevano parte.

Dan era una leggenda; tutti lo rispettavano e gli sfidanti diventavano sempre suoi ammiratori per le sue tecniche, la sua velocità, il suo carisma, la sua intelligenza e la sua gentilezza. Oltretutto Dan era molto umile, era il tipo di dinosauro che, anche se diventato un capo, si comportava come uno del branco.

La grandezza di Dan venne riconosciuta anche in altre comunità e città. In occasione di un grande fiera tra dinosauri, ci furono varie gare di velocità e Dan le superò tutte con successo e grazie alla sua intelligenza. Era persino in grado di battere gli animali marini. Si muoveva così velocemente che poteva correre sopra l'acqua.

Da quel momento la leggenda di Dan fu conosciuta in tutto il mondo e rese il velociraptor uno dei dinosauri più importanti del mondo.

Dopo tanti anni Dan decise di ritirarsi dalle corse, scoprì che il suo corpo non rispondeva più come prima. Era diventato molto vecchio e le sue tecniche di corsa non erano più efficaci. Dan era così intelligente, che si ritirò prima di perdere una gara, era in grado di riconoscere i suoi difetti e sapere che il suo tempo era finito. In questo modo la sua leggenda non finì mai.

Nel corso degli anni, molti velociraptor cercarono di imitare l'eredità che Dan aveva lasciato a Fazio e al mondo. Purtroppo, nessuno fu in grado di soddisfare quelle gigantesche aspettative, anche se non mancarono i coraggiosi che ci provarono e tutti li applaudirono per averlo fatto.

Venne creata una gara internazionale, chiamata Dan Cup. I dinosauri di tutto il mondo si misuravano in gare per mare, per terra e su terreni complicati come sabbie mobili, terreni fangosi o qualsiasi cosa gli organizzatori ritenevano fosse la migliore opzione.

I velociraptor non riuscirono a mantenere a lungo la loro striscia vincente. Diverse specie volanti e marittime migliorarono le loro tecniche ed erano ora molto più veloci, vincendo il trofeo. Ci fu addirittura un momento in cui ci si dimenticò dei velociraptor, ormai vincevano molto raramente.

A quel tempo viveva un velociraptor di nome Edward, il suo sogno era quello di diventare uguale al suo idolo Dan. Fin da bambino aveva dimostrato una grande velocità, agilità e la capacità di muoversi a velocemente e senza incidenti anche su terreni difficili, dove altri velociraptor preferivano non correre.

Edward era un ragazzo molto competitivo, ma era conscio che le sfide iniziavano superando sé stessi, poi l'ostacolo che si trovava davanti. Aveva sempre fatto così nella sua vita, e fino a quel momento, era sempre riuscito a vincere e realizzare i suoi desideri.

Era il momento di prepararsi per il prossimo evento, i Velociraptor erano molto orgogliosi e volevano tornare di nuovo in cima alle classifiche dei dinosauri più importante e più veloci. Sapevano che tutte le altre specie si stavano preparando duramente, così quell'anno fu offerta a Edward la possibilità di partecipare alle gare interne, che si tenevano a Fazio. I vincitori di queste gare avrebbero rappresentato i Velociraptor di Fazio nella Dan Cup.

Qualche anno prima aveva rifiutato l'offerta perché non si sentiva sufficientemente preparato. Anche se era veloce, agile e intelligente, aveva paura di non soddisfare le aspettative degli altri nella grande coppa internazionale in onore del leggendario velociraptor.

Edward, fin da bambino, ascoltava le storie che si raccontavano su Dan e pian piano capiva un po' come funzionava la sua personalità.

Una cosa che Edoardo aveva sempre in mente era quando Dan si ritirò, consapevolmente dalle gare avendo bene in mente che le sue capacità non erano più le stesse. Edoardo così decise che sarebbe andato a gareggiare solo quando si sarebbe sentito in grado di rappresentare i velociraptor al meglio delle sue possibilità.

Gli anni continuavano a passare e le gare interne venivano vinte da diversi membri della comunità di Fazio. Era uno spettacolo ed era impressionante vederli correre con tale velocità, tuttavia le speranze andavano perse quando nella Dan Cup non riuscivano nemmeno ad arrivare nei primi tre posti.

I velociraptor erano molto tristi perché sentivano di non onorare adeguatamente la loro leggenda. Anche se tutti si sforzarono molto, non riuscirono a raggiungere la tanto attesa vittoria.

Mentre questo accadeva, Edward lavorava in silenzio. Sapeva che il suo momento per dimostrare il suo valore sarebbe arrivato presto.

Il suo sogno era quello di riuscire ad eguagliare quello che aveva fatto il suo idolo, e ancora una volta, i velociraptor si sarebbero sentiti orgogliosi di essere i più veloci.

Dopo diversi mesi di allenamento, Edward era finalmente pronto.

Parlò con i suoi amici e la sua famiglia e disse loro che era arrivato il momento per lui di gareggiare e voleva che tutti riacquistassero la speranza perché stava per raggiungere il successo.

Ma prima di andare alla Dan Cup, come ogni membro della comunità, doveva vincere la gara interna.

Quell'anno in particolare la gara era molto difficile. Alcuni forti velociraptor, che si erano già ritirati alcuni anni prima, erano tornati perché avevano lo stesso obiettivo di Edward, brillare nella coppa Dan.

Questo motivò Edward ancora di più, sapeva che affrontare grandi rivali avrebbe potuto tirare fuori il meglio di sé per fare una gara incredibile.

Il giorno della gara interna era finalmente arrivato. Tutti i velociraptor sugli spalti erano impazienti, volevano vedere un grande spettacolo e avevano la sensazione che sarebbe stato così.

Partirono tutti ad alta velocità, e subito si delinearono tre favoriti che erano già in testa alla gara. Erano i veterani tornati e Edward.

La cosa più strana era che si poteva vedere chiaramente che i tre veterani, nonostante fossero ad alta velocità, avevano un sorriso sul volto; si stavano divertendo. Erano felici di gareggiare, ed erano

87

contenti della grande gara a cui stavano partecipando. Nell'ultimo giro, prima del traguardo, Edward decise di far vedere tutte le sue capacità, iniziò a spingere sulle possenti gambe e staccò i velociraptor veterani. La distanza e la differenza di velocità era tale che questi non riuscirono più a stargli dietro. La vittoria andò a Edward.Tutti erano felici, dagli spettatori agli organizzatori e anche i concorrenti, lungi dal sentirsi stanchi o sconvolti per aver perso erano molto eccitati perché sapevano che Edward era un ottimo candidato per restituire la gloria velocistica ai velociraptor.

Quel giorno fu festeggiato come non mai. Tutti avevano ripreso la speranza e credevano che il sogno fosse di nuovo possibile. Anche Edward ne era consapevole ma festeggiò un po' poi tornò ad allenarsi; sapeva che non c'era tempo per i festeggiamenti, non aveva ancora vinto e aveva un grande sogno e obbiettivo in testa.

Col passare dei giorni, le altre comunità di dinosauri registrarono i loro rispettivi partecipanti, tutto era pronto per l'inizio della tanto attesa Dan Cup. Edward era un po' nervoso, ma guardare la folla e vedere i suoi simili che lo sostenevano lo motivò e si ricordò perché era lì. Il sistema per vincere la coppa Dan era a punti, si facevano diverse prove, e venivano assegnati i punteggi a seconda della posizione di arrivo. Chi otteneva più punti veniva nominato vincitore della Dan Cup.

La prima gara si sarebbe svolta su un terreno pianeggiante con una serie di ostacoli.

Edward era pronto, si era esercitato molte volte, quando la campana suonò partì senza pensarci due volte, correva analizzando velocemente gli ostacoli per superarli nel minor tempo possibile, era pronto, si era allenato tantissimo per questo. Dimostrò che non era solo veloce fisicamente, ma anche mentalmente. Questo gli fece perdere meno tempo degli altri e riuscì a conquistare il primo posto.

Tutti i velociraptor che assistevano alla gara si lasciarono andare in urla e grida di vittoria che salivano dagli spalti fino al cielo. Erano passati molti anni senza vincere in uno dei grandi eventi e nessuno ci poteva credere. Edward salutava la folla, era consapevole e gestiva la calma, sapendo che c'erano ancora tante sfide da superare.

La prossima infatti arrivò presto, era su un terreno fangoso. Le piogge che era caduta per settimane avevano reso la terra instabile. Così i dinosauri dovevano essere attenti, astuti e agili per capire dove muoversi al meglio correndo verso il traguardo.

Quando la campana suonò Edward diede una grande lezione a tutti, dall'inizio alla fine, si mosse velocemente ma con grande attenzione. Era impressionante, sembrava che conoscesse perfettamente il terreno, anche i suoi concorrenti rimasero strabiliati, non avevano visto nulla di simile. Edward si è aggiudicato di nuovo il primo posto per i velociraptor.

La prova finale era quella marittima e, a meno di un disastro, Edward poteva diventare campione. Sicuramente non era facile e non la gara non doveva essere presa sottogamba visto che Edward non era un grande nuotatore e le altre specie avevano dinosauri le cui caratteristiche erano migliori per fare gare di velocità sott'acqua.

Tuttavia, contro ogni previsione, e proprio come faceva il suo idolo, Edward era così incredibilmente veloce da correre sull'acqua; era come un fulmine quasi impossibile da seguire con lo sguardo.

Fu così che vinse tutti e tre gli eventi della gara e fu proclamato campione della coppa Dan.

Edward aveva realizzato il suo sogno, diventare come il suo idolo e far tornare il sorriso e la felicità a tutta la sua specie e alla sua famiglia. Nessuno poteva crederci! Avevano finalmente ritrovato la loro gloria.

Fazio tornò al suo periodo d'oro, e impararono che non dovevano perdere la speranza, perché i bei tempi sarebbero sempre tornati prima o poi.

Primo Giorno di scuola

Questa è la storia di Luca, un piccolo drago arancione e giallo con pinne viola e simpatiche corna sulla testa. Luca era il più piccolo e viziato di casa. Aveva una sorella di nome Fio più grande di lui, a cui piaceva ballare, fare ginnastica e indossare i vestiti della mamma.

A Luca piaceva guardare i cartoni animati in televisione, specialmente quelli dei supereroi. Fin da piccolo, era molto fantasioso e inventava ogni tipo di storia. Assumeva sempre le sembianze di uno dei personaggi dei cartoni animati che amava.

Una volta disse a tutti che era Hulk, l'incredibile HULK. Tutti lo assecondavano e lui ringhiava come il personaggio quando si trasformava. In quei giorni c'era il suo compleanno e la sua torta era fatta con la faccia di Hulk e lui si era vestito come il personaggio.

Poi scoprì le Tartarughe Ninja. Luca si legò una bandana intorno alla testa e chiese a sua madre di fargli una maschera. Continuava a fare mosse di karate e i suoni dei personaggi. Quando suo padre tornava a casa dal lavoro, giocava a fare la lotta con suo figlio; diceva di essere Donatello. Suo padre era sempre il cattivo, perdeva sempre la lotta, e Luca gridava: "Ho vinto!".

E così passò attraverso Superman, Astroboy, Lanterna Verde e molti altri, ma il migliore di tutti fu Spiderman. A Luca non piaceva essere chiamato per nome; si arrabbiava, e bisognava chiamarlo Peter Parker. Se usciva con la mamma, e qualcuno gli chiedeva il suo nome, lui rispondeva che era Peter Parker. Mentre camminava, fingeva di lanciare ragnatele a tutti quelli che passavano, e si accovacciava come fa il personaggio.

Ogni volta che la sua mamma andava al supermercato a fare la spesa con lui, Luca saltava su e giù, lanciando ragnatele a tutti quelli che gli stavano vicino. Tutti ridevano e assecondavano il gioco del piccolo drago. Il piccolo si divertiva, e ancora di più quando gli dicevano: "È l'Uomo Ragno". Questo personaggio gli piaceva così tanto che un giorno sua madre gli comprò un costume, e lui non voleva più toglierselo. Passava molto tempo vestito da Uomo Ragno.

Luca guardava sua sorella andare e tornare da scuola, e chiedeva sempre ai suoi genitori quando ci sarebbe andato lui. Il tempo passava e Luca cresceva; era abbastanza grande per andare a scuola. I suoi genitori gli dissero che ci sarebbe andato quell'anno, e il piccolo drago era molto eccitato. Era molto felice quando gli comprarono la nuova uniforme, lo zaino, i pastelli e l'album da disegno, ma quello che gli piaceva di più erano le scarpe sportive e il cestino del pranzo di Spiderman, tanto da addormentarcisi sopra.

Quando era ora di andare a scuola, Luca non voleva alzarsi. Sua sorella era già vestita e aveva fatto colazione, pronta ad aspettare il pulmino, ma Luca non si era ancora alzato dal letto. La sera prima aveva fatto tardi perché aveva sorvegliato le strade della città ed era molto assonnato! Sua madre lo portò fuori come meglio poteva, gli mise l'uniforme, poi gli diede un bicchiere di latte per non farlo uscire con lo stomaco vuoto. Dopo aver messo la colazione e le merendine nel cestino da pranzo, in modo che potesse mangiarle a scuola, uscì ma il pulmino era già partito. Così, la mamma lo dovette portare a piedi a scuola.

Sulla strada per la scuola, Luca diceva che gli faceva male la testa, che gli faceva male la pancia, che gli facevano male gli zoccoli, che gli faceva male la coda. Non sapeva più cosa inventarsi per evitare di andare a scuola. Allora la sua mamma gli chiese: "Figliolo, cosa ti succede? Eri entusiasta di andare a scuola e ora non ci vuoi andare".

"Mi fa paura! Non conosco nessuno in quella scuola". E il piccolo drago cominciò a piangere a squarciagola.

La mamma si chinò e lo abbracciò. Uno degli insegnanti, vedendo cosa stava succedendo, si avvicinò e salutò il piccolo drago: "Ciao! Benvenuti. Mi chiamo Lucy e sarò la vostra insegnante. Come ti chiami?"

Luca la vide con la coda dell'occhio ma non disse una parola.

"Ciao! Questo è Luca e oggi è il suo primo giorno di scuola". Disse sua madre.

"Eccellente!" Disse la maestra facendo l'occhiolino alla mamma. "Vieni con me, così potrai conoscere tanti amichetti e giocare un po'. La tua mamma passerà tra un po' per salutarti! Vieni, non aver paura".

La maestra lo prese per la zampetta e disse alla mamma di andare, si sarebbe preso cura di lui e questo spavento sarebbe passato. Luca non voleva lasciare andare la mamma, ma alla fine non ebbe altra scelta.

Il piccolo drago si sedette dove gli aveva detto la maestra. Non si mosse; era in lacrime e spaventato. Qualche minuto

94

dopo, un altro drago gli si avvicinò e disse: "Ciao! Come ti chiami? Mi chiamo Tim. Vuoi essere mio amico?".

Luca non disse nulla, vide solo le sue zampe sul tavolo. Tim prese il suo zaino, tirò fuori i suoi pastelli e lo invitò a colorare. Allora Luca fece lo stesso, prese i suoi pastelli e il suo quaderno dalla borsa e iniziò a colorare con Tim. In poco tempo, i due piccoli draghi stavano felicemente parlando, condividendo i loro pastelli e i loro blocchi da disegno.

Luca ha trascorso una mattinata molto divertente. Ha incontrato molti piccoli amici, ha mangiato e ha giocato con tutti gli altri draghetti della scuola. Era ora di andare, la mamma di Luca lo stava aspettando fuori. Quando il piccolo drago uscì e la vide, corse eccitato verso di lei. La mamma lo abbracciò e gli chiese come stava. Il bambino le disse: "Bene! Ho mangiato tutto il mio cibo, ho disegnato e ho corso nel parco con Tim, il mio migliore amico".

Sua madre disse: "Bravo figliolo! Sono contenta che ti sia divertito e che tu abbia incontrato un nuovo amico".

Mentre camminavano verso casa, Luca raccontava con entusiasmo tutto quello che aveva fatto il suo primo giorno di lezione. Quando arrivarono a casa, Fio era già arrivata dalla sua scuola, e papà Drago la stava aiutando con i compiti.

Il giorno dopo, molto presto, la sveglia suonò, e tutti si alzarono, tranne Luca.

La mamma gli disse: "Luca, figliolo, alzati, devi andare a scuola!".

"No... ancora? Non ci voglio più andare!" Disse Luca coprendosi la testa con il cuscino.

Mamma drago fece fatica a contenere le sue risate. Andò in cucina e disse a papà drago cosa stava succedendo, ed entrambi risero per quello che aveva detto il figlio. Papà andò nella stanza di Luca e lo tirò giù dal letto, "Andiamo Luca, devi andare a scuola". Disse il papà con voce seria, ma il piccolo drago non voleva andare.

Quella mattina, lo vestirono di nuovo come meglio potevano e lo portarono alla sua scuola. Luca pianse, ma dopo un po' si riprese, proprio come il giorno prima. Ci volle circa una settimana perché si abituasse alla nuova routine. Poi volle andare tutti i giorni, anche la domenica.

Un giorno Luca tornò a casa con una comunicazione della scuola. Era la convocazione per la gita scolastica, un campeggio con gli altri piccoli draghi della scuola. Quando sua madre gli spiegò cosa significava andare in un campeggio, dormire nelle tende e tutto il resto, Luca non volle andare; era sorto lo stesso problema, come per andare a scuola.

I genitori firmarono la comunicazione in cui accettavano di mandare il figlio al camping. Gli hanno prepararono lo zaino con i suoi vestiti, l'orsacchiotto per dormire e le medicine, per ogni necessità.

Arrivò il giorno, e Luca non voleva alzarsi, come faceva all'inizio per andare a scuola. Quando l'autobus passò a prenderlo per andare in campeggio, pianse a squarciagola, ma alla fine riuscirono a convincerlo e salì sull'autobus.

Come previsto, Luca smise di piangere e gli piacque un sacco andare in gita con i suoi compagni di scuola e la sua maestra. Partecipò a tutti i giochi e vinse anche una delle gare che fecero, e gli diedero anche una medaglia per il drago più veloce.

Luca tornò dal camping molto felice. Mostrò ai genitori e alla sorella la medaglia che aveva vinto e disse che ora gli piacevano i broccoli e gli spinaci. "Ho imparato ad accendere un fuoco e a orientarmi con le stelle e il sole." Disse. Grazie a questa gita Luca imparò a fidarsi di se stesso e a non dipendere così tanto dai suoi genitori.

I suoi genitori aspettarono che Luca si calmasse. Era ancora molto eccitato per i suoi giorni di campeggio. La sera, papà drago e mamma drago parlarono con il figlio nella sua stanza.

Il papà gli chiese: "Figliolo, dicci perché all'inizio non volevi andare a scuola, piangevi molto, e ora ami andarci?"

Il piccolo drago rispose: "È che avevo paura di uscire di casa, non conoscevo nessuno e non sapevo come fosse lì".

La madre gli chiese: "E perché non volevi andare al campo?".

Il piccolo rispose: "Per lo stesso motivo, avevo il terrore di dormire lontano da casa, e non sapevo cosa fosse il campeggio".

Suo padre lo abbracciò e disse: "Figliolo, se non esci di casa e non ti avventuri a fare nuove esperienze, non avrai mai amici, non conoscerai mai posti nuovi e non imparerai mai cose nuove. Devi perdere questa paura e uscire di casa, così potrai crescere e diventare un drago grande e forte".

Luca pensava a quello che i suoi genitori gli avevano detto, poi li baciò e li abbracciò. Quella notte dormì profondamente. Non ebbe incubi né bagnò il letto, come a volte accadeva. Luca era cresciuto.

Il giorno dopo, i suoi amici passarono a cercarlo per andare in bicicletta. Luca disse loro che non sapeva andare in bicicletta, ma i suoi amici dissero che gli avrebbero insegnato se avesse voluto. Luca accettò.

I suoi genitori erano stupiti del cambiamento di Luca. Quel pomeriggio, quando papà Drago tornò a casa dal lavoro, portò un regalo a suo figlio. Luca corse a vedere il suo regalo; era una bellissima bicicletta blu. Saltò dall'eccitazione e quando andò a guidarla, disse al papà di togliere le rotelline. Avrebbe imparato con i suoi amici a pedalare nel bosco e ad andare a scuola in bicicletta.

Luca imparò che doveva correre dei piccoli rischi, uscire per imparare cose nuove e farsi nuovi amici per diventare un drago grande e forte come suo padre. Luca non aveva più paura.

Blue e Mily

Daniel era un bambino che amava gli animali. Ogni volta che scopriva un nuovo animale, cercava tutto quello che poteva su di esso e chiedeva a sua madre di comprargli un giocattolo nel negozio del signor George. Il suo fascino per gli animali era così grande che ne aveva due scaffali pieni nella sua stanza.

Un giorno, suo padre gli comprò un libro di storie di animali con immagini da colorare. Lì vide per la prima volta un cavallo che aveva un corno sulla fronte. Daniel era affascinato da quel bellissimo cavallo bianco con un corno. Chiese a suo padre come si chiamasse quell'animale e lui gli disse che era un unicorno.

Il ragazzo, stupito dall'unicorno, andò nello studio di suo padre e, ancora una volta, passò in rassegna i libri che parlavano di animali per scoprirli. Non ricordava di aver visto la foto di un unicorno in quei libri, ma li controllò di nuovo. Si divertì ma non ottenne nulla su di loro.

Corse dove c'erano i suoi genitori e disse loro che non c'erano unicorni nel libro degli animali. Sua madre sorrise e gli disse che erano animali di fantasia. Ecco perché non apparivano nel libro.

"Mamma, come è possibile che sia un animale di fantasia? È o non è un animale?". Daniel chiese a sua madre. Sua madre non riusciva a trovare un modo per spiegarlo a Daniel; allora suo padre, ridendo della situazione della mamma, si alzò dalla sedia blu e gli disse: "Vieni, Daniel, cerchiamo nel computer per vedere cosa dicono sugli unicorni".

Daniel si eccitò molto e andò con suo padre allo studio.

Il padre gli disse: "Figliolo, mentre accendo il computer, metti il libro al suo posto così non si perde".

Il bambino rispose: "Sì papà, so sempre dov'è il mio libro preferito".

Daniel corse a sedersi sulle ginocchia di suo padre, davanti al computer. Non appena suo padre digitò UNICORNI sul computer, cominciarono ad apparire bellissime immagini di unicorni. Il ragazzo era entusiasta di tutto ciò che vedeva. Suo padre gli leggeva degli unicorni, in modo che capisse cosa voleva dire sua madre. Più ascoltava, più era affascinato dagli unicorni.

Daniel corse in cucina e disse: "Mamma, ho già capito cosa sono gli unicorni. Sono animali magici perché rappresentano la fortuna, la prosperità e la felicità per chi ne vede uno o ne ha uno".

La madre sorrise e abbracciò suo figlio.

Il bambino andò nella sua stanza eccitato, cominciò a leggere le storie e a disegnare gli unicorni nel libro. Quel giorno non fece altro che parlare di unicorni, e continuava a guardare fuori dalla finestra per cercarne uno.

Il giorno dopo, i tre uscirono per una passeggiata e tornarono al negozio del signor George. Vedendoli entrare, il signore salutò i tre: "Salve, come sta il mio cliente preferito?".

Il piccolo rispose: "Buongiorno, signor George. Stiamo tutti bene".

Il signor George chiese: "Vediamo, cosa vuoi questa volta?".

Il ragazzino rispose: "Un unicorno!".

I genitori del bambino risero e osservarono la conversazione tra i due amici.

L'uomo sorrise e disse: "Vediamo... penso che da qualche parte ho qualche amico qui intorno. Eccoli qui!"

Daniel fu felicissimo di vedere i due unicorni sullo scaffale. Afferrò le due scatole e vide quanto erano belle. Erano entrambi bianchi, ma uno aveva la cresta e la coda blu mentre l'altro aveva i colori dell'arcobaleno; erano una bellezza. Gli piacevano entrambi. I suoi genitori, vedendo l'indecisione del bambino, li comprarono entrambi. L'uomo li incartò e gli disse: "Daniel, abbine cura. Sono magici! Se ti prendi cura di loro, loro si prenderanno cura di te".

Daniel lasciò il negozio di giocattoli molto felice. Non vedeva l'ora di tornare a casa per giocare con gli unicorni. Non appena arrivarono, corse in camera sua, salì sul letto e scartò i suoi nuovi amichetti. Li vide e li abbracciò con molto amore.

In quel momento, Sandy entrò nella stanza, scodinzolando e, come al solito, salì sul letto. Appena vide gli unicorni, cominciò ad annusarli e ad abbaiare.

Daniel disse: "Sandy, ti presento i miei nuovi amici... gli unicorni".

Continuò: "Che nome gli darò? Lo so io! Tu ti chiamerai Blue e tu Mily".

Poi, Sandy abbaiò felicemente e cominciò a scodinzolare.

Daniel passò tutto il pomeriggio a giocare con i due unicorni, disegnandoli sul suo quaderno e presentandoli agli altri animali sugli scaffali come se i giocattoli capissero quello che Daniel stava dicendo.

Quando scese la notte, la madre entrò nella stanza per dare la buona notte al figlio e trovò Daniel addormentato nel letto con gli unicorni. Gli rimboccò le coperte e mise i due giocattoli sullo scaffale con gli altri animali. Diede la buonanotte a Sandy che scodinzolò come al solito e si sdraiò ai piedi del letto del bambino.

Quella notte, dopo che tutti si erano addormentati. Improvvisamente, il nitrito di un cavallo si sentì nella stanza. Sandy si allertò ma non abbaiò. Pochi minuti dopo si sentì un altro nitrito e si udirono delle voci. Erano i due unicorni che avevano preso vita e stavano parlando tra loro! Sandy ringhiò, si avvicinò agli scaffali e cominciò ad abbaiare. Si svegliarono tutti a casa. I genitori di Daniel corsero nella stanza del figlio, e lui era già accanto al cane, calmandolo. Papà controllò la casa, ma tutto era in ordine. Così, tutti andarono di nuovo a letto.

Dopo un po', si sentì un altro nitrito, ma questa volta Daniel lo sentì. Si sdraiò ancora sul letto e con un grugnito chiamò Sandy per farlo andare a letto con lui. Gli unicorni capirono che il ragazzo e il cane erano nervosi, così decisero di chiamarli per nome.

"Daniel, Sandy, non abbiate paura. Siamo Blue e Mily, gli unicorni!" Dissero le creature magiche.

Daniel non credeva a quello che stava sentendo.

"Chi è?" Chiese il ragazzo un po' spaventato.

Gli unicorni risposero: "Non avere paura Daniel. Accendi la luce nella stanza".

Daniel si alzò nervosamente, accese la luce nella stanza e fu sorpreso di vedere i suoi due nuovi amici in piedi sulla mensola del camino.

Le creature magiche dissero: "Ciao, Daniel, piacere di conoscerti. Grazie per essere il nostro padrone e per amarci così tanto".

"Ciao", disse il ragazzo, ancora non credendo a quello che aveva visto e sentito. Si strofinò gli occhi per vedere meglio, e sì, i due unicorni gli stavano parlando e stavano salutando Sandy.

"Allora è vero che sono magici!" Disse il ragazzo tutto eccitato.

Quando stava per chiamare i suoi genitori, gli unicorni lo fermarono. Gli dissero che la magia funzionava solo con lui, non con i suoi genitori, e che non dovevano scoprirlo. Daniel accettò di mantenere il segreto.

Daniel era molto eccitato. Chiese agli unicorni se potevano far vivere gli altri animali come loro. Allora, dal corno di Mily uscì una luce che illuminò gli scaffali dove si trovavano gli altri animali, e questi presero vita.

Il ragazzo era molto sorpreso ed eccitato per quello che vedeva. Tutti gli animali presero vita, cominciarono a salutarlo e a muoversi nella stanza. Il cane era irrequieto, e quando stava per abbaiare di nuovo, dal corno di Blue uscì una luce molto tenue che la calmò. Cominciò a scodinzolare molto felicemente.

Daniel giocò e parlò con i suoi animali per molto tempo, chiedendo loro tutto quello che gli veniva in mente. Dopo un po', Daniel disse che aveva fame, e tutti gli animali dissero che anche loro avevano fame. Daniel disse loro di scendere in cucina, ma non potevano fare rumore o avrebbero svegliato i suoi genitori.

Scesero tutti con molta attenzione, senza fare il minimo rumore. Una volta in cucina, gli unicorni illuminarono la cucina con una luce fioca perché il ragazzo cercasse il cibo. Daniel tirò fuori una scatola di cereali, il latte dal frigorifero e alcune ciotole per far mangiare tutti. Gli animali banchettarono con il cibo ma lasciarono un casino. L'intero tavolo e il pavimento erano sporchi.

Quando Daniel vide tutto sporco, alzò le mani alla testa, ma i due unicorni, vedendo l'espressione spaventata del bambino, pulirono tutto in un batter d'occhio con la loro magia. Il ragazzo rimase ancora più stupito.

"Wow!" Disse Daniel quando vide l'intera cucina splendente. "Mia madre vi adorerebbe, ragazzi".

Salirono tutti al piano di sopra senza fare rumore. Sandy era davanti e, con il suo muso, spinse la porta della camera del bambino. Daniel fu l'ultimo ad entrare per assicurarsi che nessun animale fosse rimasto fuori.

Una volta nella stanza, il ragazzo accese la luce in modo che gli unicorni smettessero di illuminare la stanza. Giocarono fino all'alba; c'erano giocattoli in tutta la stanza. Daniel era felice. Fece tutti i tipi di domande agli animali, specialmente agli unicorni, che erano gli animali magici. Gli dissero che rappresentavano la purezza, la felicità, la fortuna e la buona magia. Erano fortunati. Il ragazzo imparò molto quella notte da ognuno degli animali che aveva nella sua stanza.

La mattina dopo, quando il padre di Daniel entrò nella stanza, lo trovò che dormiva sul tappeto con il suo cane, circondato da tutti gli animali che erano sulla mensola. Il bambino teneva un unicorno in ogni mano. Suo padre lo prese in braccio e lo mise a letto.

Quella mattina Daniel si svegliò tardi. Mentre lo faceva, vide tutte le bambole sparse per la stanza e fu sorpreso, si rese conto che non era stato un sogno.

Corse giù per le scale, salutò i suoi genitori con un bacio e un abbraccio.

"Daniel, vuoi i cereali e il latte per colazione?" Chiese sua madre.

Il piccolo rispose: "I cereali sono finiti mamma. Dammi delle uova strapazzate".

Sua madre disse: "Sì, ci sono i cereali. Li ho comprati ieri quando siamo usciti; devono essere nella dispensa".

Ma quando li cercò nella dispensa, non li trovò e li cercò ovunque.

"Sicuramente hai lasciato la scatola al supermercato", disse suo padre.

Sua madre disse: "Sarà così perché non ci sono".

Daniel aveva un sorriso che esprimeva sollievo e malizia. Quando finì la colazione, sua madre gli disse di pulire il casino nella sua stanza. Il ragazzo salì in camera sua e disse agli unicorni di aiutarlo a pulire la stanza, ma non successe nulla. Non ebbe altra scelta che raccogliere i giocattoli uno per uno e riordinare l'intera stanza. Quando ebbe finito, si sdraiò sul letto e guardò Blue e Mily che gli facevano l'occhiolino.

.

La foresta incantata

C'era una volta un unicorno, di nome Ben, che viveva nella foresta incantata. Ben era un bellissimo unicorno bianco con una criniera e una coda blu e viola. Era grande, forte e molto bello, ma era diverso dagli altri unicorni della foresta.

Nella foresta incantata vivevano quattro fate madrine: la fata del nord, quella del sud, quella dell'est e quella dell'ovest. Ogni volta che nasceva un unicorno, una delle quattro fate madrine veniva scelta dai genitori per dare al neonato un regalo speciale. Ma delle quattro fate, non scelsero mai la fata del sud, perché era sempre di cattivo umore, era molto scontrosa e rimproverava gli animali della foresta.

Quando Ben nacque, i suoi genitori scelsero la fata del nord per dargli il suo regalo, ma quando la fata del sud lo scoprì, fece un incantesimo alla fata del nord e prese il suo posto. Poi, invece di dargli un regalo, gli diede una maledizione.

"Piccolo unicorno, tu crescerai e invecchierai, ma quando sentirai la musica, non smetterai di ballare".

I genitori di Ben erano molto preoccupati per la maledizione del figlio. Le fate dell'est e dell'ovest scoprirono cosa era successo e salvarono la fata del nord. Le tre fate andarono dove si trovava il neonato, ma arrivarono tardi. I suoi genitori stavano piangendo inconsolabilmente. Allora le tre fate unirono le loro manine, alzarono le loro bacchette magiche e lanciarono un contro incantesimo su Ben.

"Piccolo Ben, crescerai bello, forte e vigoroso. La tua danza attirerà l'amore e tu sarai felice e beato".

Mentre Ben cresceva, i suoi genitori cercavano di farlo accettare dagli altri unicorni come uno di loro, ma ogni volta che sentiva suonare la musica, o si ricordava una melodia, le sue gambette cominciavano a muoversi al ritmo della canzone, e tutti ridevano di lui.

A Ben non dispiaceva essere deriso, perché amava ballare. Gli piaceva. La cosa brutta era che quando sentiva la musica, non riusciva a fermarla, e le sue gambe si muovevano da sole, senza controllo.

Ben crebbe e divenne un bellissimo unicorno. Era l'unicorno più attraente e amichevole della foresta, e questo provocava invidia tra i maschi della sua specie perché le femmine non smettevano di guardarlo. Tutte volevano parlare con lui.

Quando gli unicorni uscivano per una passeggiata nella foresta, non volevano Ben con loro, così mettevano della musica in modo che Ben non smettesse di ballare. Facevano sempre la stessa cosa per allontanare Ben dal gruppo. Lentamente, Ben si allontanò dai suoi amici per evitare di essere imbarazzato, ma questo non gli impediva di ballare. Ogni volta che era solo, lo faceva.

La data delle feste della foresta incantata si avvicinava. Queste feste erano molto famose. Gli unicorni di altri posti venivano sempre a festeggiare e a competere per il jackpot: un bacio dalla regina della festa, e l'unicorno che riceveva una fascia per il miglior dono sviluppato, veniva nominato re della festa.

Ben e gli altri unicorni della sua età avevano già diritto a partecipare. Tutti gli unicorni si stavano preparando. Avevano mesi di allenamento e studio per sviluppare pienamente il loro dono ed essere i migliori di tutti. Alcuni si allenavano per avere il miglior galoppo, altri per essere l'unicorno più forte della foresta, altri sviluppavano la loro capacità di nuotare per distanze maggiori in poco tempo, e altri ancora volevano dimostrare la loro velocità nella corsa. Così, tutti gli unicorni sviluppavano al massimo il dono dato loro al momento della nascita. L'unico che non si allenava era Ben. Sapeva solo ballare e non aveva nessun dono da sviluppare.

I mesi passavano e l'allenamento diventava più intenso. Gli unicorni, oltre a sviluppare e perfezionare il loro dono, sviluppavano sempre più i loro muscoli e si prendevano cura del loro pelo. Le femmine, oltre a sviluppare il dono, si sforzavano di essere sempre più belle e snelle per diventare la regina della foresta incantata.

Il giorno della festa arrivò. L'intera foresta era splendidamente decorata con luci colorate, tende e ghirlande scintillanti. I fiori portavano i loro colori più belli e le loro fragranze squisite. Gli alberi e i cespugli erano di un verde brillante e, insieme ai fiori, accoglievano tutti i visitatori.

Ovunque i visitatori e la gente del posto camminavano, trovavano attrazioni come il lancio del cerchio alle bottiglie, il lancio delle freccette al bersaglio, il colpo del martello, le altalene e gli scivoli per i più piccoli, tra gli altri. C'erano anche bancarelle di churros, marshmallows, zollette di zucchero e altre delizie in tutta la foresta. In altre bancarelle c'erano cioccolata calda, bibite, acqua e succhi di frutta.

Come previsto, c'erano degli altoparlanti posti sugli alberi dove venivano suonate canzoni allegre per animare la festa e attraverso i quali si sarebbero svolte le gare e sarebbero stati annunciati i vincitori.

Ben si allontanò il più possibile per non sentire la musica e si coprì le orecchie con le foglie, ma le sue gambe non smettevano di ballare. Era esausto; aveva bisogno di fermarsi. Poi, si ricordò della sua fata madrina, la fata del nord, e la chiamò disperatamente.

"Fata madrina dove sei? Ho bisogno del tuo aiuto!"

Allora la fata madrina apparve davanti a lui e vide i suoi occhi pieni di lacrime di disperazione e di dolore. Vedendo cosa gli stava succedendo, agitò la sua bacchetta magica e, in pochi secondi, apparvero dei paraorecchie viola sulla testa dell'unicorno, che gli coprirono le sue belle orecchie.

Ben non poteva crederci. Non sentiva la musica. C'era un silenzio opprimente. Le sue gambe smisero di ballare, cadde esausto e bagnato di sudore. La testa gli faceva molto male, così come le gambe. Si sentiva così strano e felice che non smise di piangere per molto tempo.

La fata madrina lo fece calmare e gli disse di alzarsi. Lui la sentì perfettamente, chiese se la musica era finita e la fata gli disse di no. Gli spiegò che con i paraorecchie avrebbe sentito tutto, tranne la musica.

Ben era molto contento e piagnucolava di gioia.

"Ora posso andare alla festa!".

"Non puoi andare così. Sei tutto sporco e sudato".

Con un gesto della bacchetta, Ben apparve più bello e profumato che mai. Vedendosi nel riflesso dell'acqua del ruscello, ringraziò la fata madrina e corse alla festa.

Quando Ben arrivò, tutti si stupirono nel vedere che l'unicorno non stava ballando a ritmo di musica, ed era più bello che mai. Non potevano crederci. I suoi genitori erano molto eccitati e anche i suoi amici.

Le gare erano iniziate e Ben si stava godendo la festa. Gli unicorni si sforzavano di accumulare il più alto punteggio possibile per ricevere il regalo, essere il re della festa ed essere baciato dalla regina.

Era arrivato il momento di scegliere la regina. Tutti gli unicorni femmina erano bellissimi. La scelta sarebbe stata difficile. Ciascuna sfilò e poi fece una dimostrazione del dono. Alcune cantavano, altre dicevano poesie, alcune facevano i giocolieri, altre saltavano gli ostacoli e così via. Ognuna mostrava le sue migliori abilità. Ma c'era una delle concorrenti, la più bella di tutte, che sapeva ballare, il suo nome era Shirly. Fu messa una canzone della rumba e iniziò la sua bella danza. Ad un certo punto si fermò e chiese un compagno di ballo dal pubblico. Tutti si girarono e guardarono Ben.

Tutti lo acclamarono, lo accompagnarono sul palco e applaudirono. Alzarono la musica e Shirly cominciò a ballare, ma Ben non stava ballando. Aveva il paraorecchie. Ben ascoltava tutto tranne la musica. Aveva paura di toglierseli e di non essere in grado di rimetterli. Allora la fata gli fece dei segni per sollevare il coperchio dei paraorecchie. Non c'era bisogno di toglierli.

Appena lo fece, cominciò a ballare con Shirly la migliore rumba mai vista. Lei gli sorrise e lo guardò maliziosamente. Non aveva mai ballato con un partner che ballava così bene, e Ben non aveva mai ballato con un partner. Quando la musica si fermò, tutti applaudirono, e Ben tirò giù i tappi dei paraorecchie. Shirly lo abbracciò, lo baciò e lo ringraziò. Ben arrossì.

Tutti si congratularono con Ben per il suo splendido ballo. Lui non riusciva a crederci. Quello che lo aveva sempre reso infelice, questa volta lo rendeva felice. Lo applaudirono per questo e, per la prima volta, trovò qualcuno a cui piaceva ballare.

Shirly, l'unicorno che ballava con Ben, fu eletta regina della festa, e uno degli unicorni della foresta incantata fu eletto re. Tutti applaudirono, e la regina diede il suo bacio al re.

Dopo la cerimonia di premiazione, Shirly cercò Ben e gli chiese dove avesse imparato a ballare così bene. Lei gli disse che non aveva mai incontrato un ballerino come lui, e Ben le disse cosa gli stava succedendo.

I due unicorni divennero amici, passavano il tempo ballando e passeggiando nei boschi. Si accorsero che gli piacevano gli stessi frutti, le stesse canzonie, alla fine, si innamorarono. Quando si baciarono per la prima volta, le gambe di Ben si mossero da sole. Non capiva cosa gli fosse successo.

La settimana seguente Ben e Shirly si sposarono. Fu un matrimonio bello e gioioso. Durante il primo ballo degli sposi, le tre fate apparvero davanti a Ben e gli tolsero i paraorecchie. L'unicorno aveva paura di non riuscire a smettere di ballare, e la fata del nord gli disse: "Fidati di noi..."

Poi, la musica suonò. Ben ballò con Shirly finché non furono stanchi. La musica suonava mentre i due unicorni si allontanavano dalla pista da ballo. Ben non poteva crederci! Le sue gambe non si muovevano più al ritmo della musica, e facevano quello che voleva.

L'unicorno nitrì forte di gioia, e Shirly rise al suo fianco. Poi, le fate si avvicinarono e dissero all'unicorno: "Piccolo Ben, diventerai bello, forte e vigoroso. La tua danza attirerà l'amore e tu sarai felice".

"Questo era l'incantesimo che noi tre abbiamo fatto per te alla nascita, per contrastare la maledizione che la fata del sud aveva lanciato su di te. Ora sei libera. L'amore ha spezzato la maledizione! Ora la tua maledizione è il tuo dono".

L'unicorno ringraziò le sue fate madrine, e si congedarono con benedizioni per entrambi.

Ben e Shirly approfittarono del loro dono, la danza. Fondarono una scuola di danza per unicorni e furono felici di fare quello che gli piaceva di più, ballare.

Louis e la pricipessa Aurora

C'era una volta una piccola e graziosa principessa di nome Aurora, a cui piaceva passeggiare nella bella foresta e giocare vicino alla magica cascata. Ogni volta che la piccola principessa arrivava, i fiori sorridevano e diventavano più belli, regalandole le loro squisite fragranze. Gli animali selvatici venivano a salutarla e a giocare con lei. La bambina si sentiva molto felice in quel luogo.

La regina e il re erano preoccupati per le passeggiate della figlia nel bosco. Così, un giorno, la mandarono fuori con una scorta. Quel giorno, quando la principessa arrivò nel suo posto preferito, i fiori non sorridevano e non profumavano l'aria, e gli animali non venivano a salutarla. La piccola principessa era triste e sconvolta perché gli accompagnatori spaventavano i suoi amici.

Ogni volta che poteva, la principessa scappava dal castello per andare nella foresta a giocare con i suoi amici; erano gli unici che non la trattavano come una principessa, ma come una di loro. Nella foresta Aurora era felice. Poteva sporcarsi, fare il bagno quando voleva, mangiare i frutti appena raccolti dalle piante, cantare e raccontare belle storie ai suoi amici.

Aurora stava crescendo e anche la sua amicizia con gli esseri viventi della foresta stava aumentando. La principessa amava quel posto perché lì si sentiva libera, si sentiva parte della foresta. Le piaceva fare il bagno nell'acqua fresca e cristallina della cascata. Era circondata da bellissimi fiori di molti colori e profumi, da alberi e cespugli che avevano una vegetazione molto varia e bella, e godeva della compagnia di conigli, scoiattoli, formiche, cervi, uccelli di ogni tipo e altri animali selvatici.

Un giorno, la principessa stava facendo il bagno quando, improvvisamente, vide una grande pietra sullo sfondo che brillava più delle altre. Fece un respiro profondo, si tuffò sul fondo e afferrò la pietra luminosa. La sua sorpresa fu grande quando si rese conto che non era una pietra, ma un uovo, più grande del normale e con colori bellissimi.

Aurora nuotò verso la riva con l'uovo e lo pose con cura a terra. Era un bellissimo uovo e qualcosa si muoveva al suo interno. Lo tenne con attenzione e notò che si muoveva un po'. Allora decise di portarlo in una grotta vicina dove si rifugiava quando pioveva. Disse agli animali di cercare della paglia asciutta o qualsiasi cosa che potesse tenere caldo l'uovo.

In poco tempo, Aurora fece una specie di nido e vi mise l'uovo per riscaldarlo. Accese un fuoco e si riscaldò anche lei per asciugare il vestito bagnato. Passò tutto il pomeriggio a scaldare l'uovo e, nel frattempo, parlava e cantava con i suoi amici del suo bosco che le portavano frutta fresca da mangiare.

Il giorno dopo Aurora non sarebbe potuta andare alla grotta. Confidava che i suoi amici della foresta si prendessero cura dell'uovo. Quando finalmente riuscì a tornare alla grotta, scoprì che l'uovo era rotto. Era rimasto solo il guscio. Era molto triste perché aveva pensato che un animale lo avesse mangiato. Poi qualcosa si mosse sotto il guscio, lo rimosse con cura e vide dei grandi occhi che la fissavano. Fu amore a prima vista!

La principessa prese tra le sue mani delicate quella strana creatura verdastra, ruvida e umida con grandi occhi che la guardavano con amore. Gli parlò dolcemente e gli accarezzò la testa con un dito.

"Che creatura sei piccolo amico? Sarai un coccodrillo?"

Il drago emise solo dei mugolii perché ancora non parlava.

La principessa disse agli animaletti di trovare qualcosa per nutrirlo. Presto apparvero con vermi e altre piccole bacche

che avevano preso nel bosco. La loro sorpresa fu grande quando videro che mangiò tutto in una volta. La principessa mise dell'acqua in una grande foglia per dare da bere al piccolo amico ma, appena la vide, si gettò sulla foglia e facendo cadere tutta l'acqua.

Vedendo la reazione dell'animaletto, la principessa lo prese in mano e si diresse verso la cascata. Lo portò delicatamente sulla riva per bere l'acqua, l'animaletto le scivolò dalle mani e saltò nell'acqua. Aurora fu sorpresa dal salto del suo piccolo amico e lo cercò lungo la riva temendo che annegasse. Si tolse le scarpe per entrare in acqua quando lo vide nuotare molto felicemente. Tutti si misero a ridere.

"Wow, allora ti piace l'acqua..." Disse la principessa ridendo. "Forse sei un coccodrillo, dopo tutto".

Il ragazzino nuotava felice mentre la principessa guardava e rideva dalla riva. Dopo un po', la giovane donna entrò in acqua e si divertì con il suo nuovo amico. Quando se ne andarono, alla principessa sembrò che il suo piccolo amico fosse più grande.

"È ora di darti un nome. Quale ti piacerà?" La principessa pensò per un momento, e improvvisamente disse: "Lo so, ti chiamerai Louis!"

L'animaletto saltò su e giù e scosse la testa dicendole che gli piaceva il suo nome.

Così i giorni passavano e Louis cresceva e Aurora si rese conto che Louis non era un coccodrillo, ma un drago che cresceva molto velocemente. Lei e il drago comunicavano solo con il pensiero. Lui le disse che quando avrebbe raggiunto la sua dimensione adulta sarebbe stato in grado di parlare.

Erano passati tre mesi da quando la principessa aveva trovato l'uovo. Questa volta, quando andò nella foresta, Louis la salutò: "Ciao principessa Aurora! Il drago abbassò la testa in segno di rispetto.

La giovane donna si eccitò, corse verso di lui, gli accarezzò il viso e lo baciò.

"Puoi parlare Louis! Così tutti ti sentiranno".

"Non tutti, solo chi crede in me e chi voglio che mi ascolti. Solo io e te potremo parlare con i nostri pensieri". Disse il drago con la sua voce forte e profonda, ma allo stesso tempo con dolcezza.

Louis si era trasformato in un bellissimo drago d'acqua verde acqua che amava nuotare e raccontare barzellette ai suoi amici. Era un drago molto amichevole e calmo, non gli piaceva combattere. Con la principessa era nato un rapporto molto speciale perché era stata lei a trovarlo. I due avevano una specie di legame magico, sapevano sempre cosa provava l'altro.

Un giorno, la principessa era nel castello con i suoi genitori quando improvvisamente sentì la voce di Louis nella sua testa.

"Principessa, stai attenta! Il male sta arrivando. Una forza oscura si avvicina al castello".

La principessa corse a dire ai suoi genitori quello che il drago le aveva detto, ma loro la ignorarono. La rimproverarono per aver inventato ancora una volta storie di draghi.

L'avvertimento divenne realtà. Arrivò la notizia che un drago di fuoco si stava avvicinando al castello. Ovunque andasse, distruggeva tutto. Il re fu sorpreso nel rendersi conto che quello che gli aveva detto sua figlia era vero. Corse a cercarla e le chiese come faceva a sapere del drago di fuoco, ma la principessa non sapeva di quale drago di fuoco stesse parlando suo padre. E, in quel momento, Louis le parlò: "Principessa, la forza oscura è un drago di fuoco. Cerca un riparo!"

La principessa disse ai suoi genitori che dovevano cercare riparo, ma suo padre voleva combattere il drago. Il re disse: "Quello è il drago di cui parli tanto che viene ad attaccarci".

"No padre! Il mio drago è buono e nobile; è stato lui ad avvertirmi che il male stava arrivando".

Ma il re non ascoltò sua figlia.

Il drago di fuoco arrivò distruggendo tutto sul suo cammino. Aveva bruciato parte della città e la zona intorno al castello. Il re era in attesa di combatterlo.

La principessa chiese aiuto a Louis, che volò in suo soccorso. Ma, quando arrivò, trovò tutto in fiamme. Il re fu sorpreso e fece un sobbalzo quando vide che c'era un altro drago, ma la principessa lo confortò dicendo che quello era il suo amico, Louis. Volò sopra il castello e, con le sue zampe, afferrò la principessa e i suoi genitori e li mise al sicuro. Salvò tutti quelli che poté.

In quell'istante, il drago di fuoco attaccò Louis e i due draghi combatterono. Louis era ferito, era il suo primo combattimento. Quando il drago di fuoco aprì la bocca per sputare le sue fiamme contro Louis, Louis si fece avanti e sparò un bel getto d'acqua nella bocca del drago di fuoco, spegnendo per sempre le sue fiamme.

Il drago di fuoco era sconfitto, non avendo più il fuoco dentro, si era indebolito. Louis era ferito e stanco, ma aveva ancora del lavoro da fare. Doveva spegnere il fuoco della città e del castello. Aurora gli disse di bere l'acqua della diga, e così fece. Vi si immerse, si idratò e si riprese. Sorvolò la città e il castello e spruzzò acqua per spegnere il fuoco.

Quando ebbe finito, Aurora lo chiamò e lo ringraziò. Tutti erano stupiti nel vedere come la principessa accarezzava il drago e come lui si prendeva cura di lei. Il re e la regina non potevano credere ai loro occhi. La principessa cercò i suoi genitori e li presentò a Louis, il suo migliore amico.

"È un piacere conoscervi, vostre maestà. Sono amico e protettore di vostra figlia, la principessa Aurora".

La regina svenne, e il re impallidì nel sentire il drago parlare. Da parte sua, Louis era dispiaciuto per aver spaventato la regina, e Aurora non riusciva a smettere di ridere.

"Non preoccuparti Louis, gli passerà". Disse la principessa e gli diede un pugno sulla gamba.

"Ahi! Non colpirmi così forte. Mi hai fatto male!" Disse Louis, e tutti risero.

Nonostante lo stupore, tutti erano grati alla principessa e al drago per aver spento il fuoco prima che tutto bruciasse, e per aver sconfitto il drago di fuoco.

Il drago aiutò a ricostruire la città e il castello portando gli oggetti più pesanti. Quando tutto fu pronto, fecero una festa per celebrare, e l'ospite d'onore era Louis. Fecero una statua in suo onore, e il re lo nominò drago reale e scorta della principessa Aurora.

Il re si scusò con sua figlia per non averle creduto e confidato in lei. La principessa lo baciò e lo abbracciò, dicendogli che ora che era adulta aveva capito.

Ancora una volta, l'amore sconfisse il male. L'amore, l'amicizia e la lealtà di un drago per la sua principessa sconfissero le barriere della paura e del male.

Princess Greta

Greta era una principessa molto particolare. Era la più giovane di cinque sorelle ed era molto diversa dalle altre. Mentre le sue sorelle imparavano le buone maniere e l'uso corretto delle posate, Greta amava mangiare hamburger e hot dog, poi si divertiva a leccare la salsa dalle dita.

Le sue sorelle frequentavano lezioni di linguaggio e di portamento per partecipare a importanti eventi sociali o parlare in pubblico. Greta, invece, amava andare in giro in scarpe da ginnastica e parlare con i suoi amici nel parco.

Ogni volta che sua madre portava le principesse dalla sarta per avere abiti su misura in modo che fossero sempre ben vestite, Greta usciva di nascosto e andava nel negozio a fianco a comprare jeans logori, magliette e abbigliamento sportivo alla moda.

La regina non sapeva cosa fare con la principessa Greta. Non le piaceva l'alta moda o i protocolli; non le piaceva essere una principessa delle fiabe.

Greta amava mangiare tutto. Non si preoccupava delle calorie o di andare in palestra per rimanere magra e in forma. Andava in bicicletta con i suoi amici e faceva jogging ogni mattina nel parco, ascoltando la musica con le cuffie. Poi, quando arrivava a palazzo, andava in cucina per aiutare a cucinare, cosa che amava, e mangiava qualsiasi cosa la provocasse. Si divertiva molto con i servitori del palazzo.

Le sue sorelle prendevano lezioni di pianoforte e di canto perché ogni principessa doveva fare queste cose, mentre Greta suonava la chitarra elettrica e cantava in un gruppo di musica pop.

Questa era la principessa Greta, una ragazza felice e senza complicazioni che amava mantenere le cose semplici e avere molti amici. Ma tutto ciò era inaccettabile per la vita di palazzo.

Le principesse divennero abbastanza grandi per incontrare i principi spasimanti, così la regina diede una festa per presentare le figlie alla società. Le sorelle di Greta erano eccitate perché da questo dipendeva il trovare un buon partito da sposare, ma a Greta non piaceva l'idea.

La regina mandò a chiamare la sarta per prendere le misure di Greta e farle cucire un vestito su misura per il grande ballo. Le sue sorelle avevano già il loro vestito, ma Greta ancora no.

Il giorno della presentazione delle principesse in società era arrivato. Le giovani donne erano eccitate e belle nei loro abiti da sera, acconciature e trucco. La regina si assicurò che Greta si facesse truccare e pettinare dallo stilista in modo che fosse all'altezza dell'evento.

"Figlia mia sei bellissima! È così che dovresti sempre essere". Disse la regina alla figlia.

Ma Greta non si riconosceva nello specchio. Era vero, era bella, anche più delle sue sorelle, ma non si sentiva a suo agio; si sentiva camuffata.

Il ballo era iniziato e la festa era un successo. Tutte le principesse e gli altri invitati aspettavano la presentazione delle cinque principesse.

Le principesse andarono nelle loro stanze per indossare i loro abiti di gala. Greta non si sentiva bene per tutto questo, ma era obbligata ad assistere alla presentazione. Così prese una decisione. Andò a farsi una doccia, si lavò bene il viso togliendo tutto il trucco e disfacendo l'acconciatura. Si asciugò i capelli come al solito e lasciò i suoi splendidi capelli neri sciolti; si legò i capelli solo ai lati, lasciando qualche ciocca libera sul viso. Si truccò in modo molto leggero e giovanile le ciglia e le labbra con un attraente rossetto rosso. Si mise il suo bel vestito lungo e le sue scarpe da ginnastica bianche.

Mentre le principesse si mettevano in fila in cima alla scala centrale per scendere quando venivano chiamati i loro nomi, le sue sorelle erano inorridite nel vedere Greta senza trucco e pettinata in modo casual.

"Mamma ti ucciderà, Greta. Che cosa hai fatto?" Dissero allo stesso tempo.

Greta sorrise semplicemente e si alzò la gonna in modo che potessero vedere le sue scarpe. Le sue sorelle erano inorridite, e Greta si mise l'indice sulle labbra per non dire nulla.

La musica si fermò improvvisamente e le principesse furono chiamate, una per una. Le sorelle scesero al piano di sotto e subito la musica ricominciò. I principi vennero loro incontro per il primo ballo ufficiale delle principesse. Ballarono con uno, poi con un altro. Dopo che Greta ebbe ballato per la quarta volta, lasciò la pista da ballo e andò su una delle balconate per respirare e allontanarsi da tutto quel protocollo che la annoiava e le sembrava falso.

Aveva bisogno di allontanarsi da tutto questo, così andò in giardino e tirò fuori il suo cellulare e le cuffie dalla tasca nascosta che aveva messo nel vestito. Li indossò e cominciò ad ascoltare la musica che le piaceva e, senza rendersene conto, cominciò a ballare.

Ben presto, la giovane principessa si accorse che un giovane uomo la stava guardando sorridendo vedendola ballare in giardino con le cuffie. Vedendolo, si tolse le cuffie e gli sorrise, lui le si avvicinò dicendo:

"Vedo che anche tu avevi bisogno di scappare da tutto questo". Disse il giovane sorridendo.

Greta si limitò a sorridere e ad annuire molto sottilmente con la testa.

"Cosa senti?" Le chiese il ragazzo, mostrandole le sue cuffie per farla calmare. Anche lui stava ascoltando la sua musica preferita con le cuffie.

In quel momento Greta si rilassò e il suo sorriso fu bellissimo. Lei gli diede un'estremità delle cuffie e si mise l'altra. Sorrisero entrambi, poi lui fece lo stesso in modo che lei sentisse quello che lui stava sentendo. Risero entrambi. Stavano entrambi ascoltando lo stesso stile di musica.

"Ciao, mi chiamo Leonard". Disse il giovane.

"E io sono Greta, una delle debuttanti". Disse lei con una faccia annoiata, ed entrambi risero.

Si sedettero su una delle panchine del giardino, condivisero a lungo la loro musica e iniziarono a parlare. Dopo un po', qualcuno dello staff che lavorava nel palazzo si avvicinò e disse loro: "Principessa Greta, principe Leonardo, i vostri genitori vi stanno cercando!"

"Anche tu sei un principe?" Disse la principessa.

I due giovani si videro in faccia e si misero a ridere.

Leonardo le disse: "Sarà meglio che ci presentiamo al salone o ci uccideranno. A proposito, mi concederesti il prossimo ballo? "

Lei rispose: "Con piacere principe Leonard". Entrambi risero di nuovo.

Il principe entrò per primo nella sala e Greta si presentò. Poi, prima che gli altri principi la pedinassero, Leonardo le prese la mano e le chiese il prossimo ballo in presenza di tutti, come richiesto dal protocollo.

I due ballarono tutta la notte e non smisero di parlare e sorridere. La regina era contenta di Greta e le sue sorelle erano stupite che il principe Leonardo non la lasciasse andare per tutta la notte.

A volte uscivano sul balcone per prendere un po' d'aria e si mettevano le cuffie per fuggire da tutto questo.

Leonardo fece una festa di compleanno e Greta e la sua famiglia furono invitati. La festa era all'aperto e senza alcun protocollo. All'arrivo si congratularono con lui e gli diedero il suo regalo. La festa fu molto bella. Tre gruppi musicali animavano l'atmosfera e la gente ballava sulla pista da ballo. La musica era molto divertente e coinvolgente.

Leonardo chiese a Greta di ballare, ed entrambi si esibirono sulla pista da ballo. Tutti li applaudivano. Entrambi ridevano e si divertivano. Greta si sentiva molto a suo agio a quella festa. Quando finirono di ballare, Greta disse al principe che aveva un regalo molto speciale da mostrargli.

Greta scomparve improvvisamente dalla festa. Sua madre e le sue sorelle non la vedevano da nessuna parte. Leonardo la cercò per ballare, ma non la trovò. Poi, uno dei camerieri consegnò al principe una busta che diceva: "Guarda il palco, spero ti piaccia il tuo regalo di compleanno".

Poi, nel momento in cui il principe finì di leggere il biglietto, una chitarra elettrica suonò, e la voce della principessa disse: "Spero che ti piaccia il tuo regalo di compleanno! E la musica suonò!

Leonardo rimase stupito nel vedere Greta sul palco, che suonava la chitarra elettrica e cantava. Mentre reagiva, lei rideva e gli soffiava un bacio con la mano in segno di gratitudine per un regalo così speciale.

Ma la madre di Greta ebbe quasi un infarto. Era paralizzata quando ha visto sua figlia cantare e suonare la chitarra al compleanno del principe. Tutto quello che disse fu: "Vergognati!".

Tutti alla festa cominciarono a cantare e ballare al ritmo della canzone, anche le sorelle di Greta ballarono come non mai la canzone che la sorella stava suonando con la sua band. I giovani impazzirono per la canzone, era un brano alla moda appena uscito.

La regina si stupì nel vedere che tutti applaudivano e chiese a sua figlia e al suo gruppo un'altra canzone. Tutti erano felici! Lentamente, la regina si calmò e accettò ciò che vedeva. Improvvisamente, i genitori del principe le si avvicinarono e la regina inpallidì. Quando stava per

133

scusarsi per il comportamento di sua figlia, si congratularono con lei per avere una figlia così bella e talentuosa come Greta.

La principessa scese dal palco e il principe e gli altri ospiti si congratularono con lei. Si avvicinò alla madre aspettandosi un rimprovero ma, quando furono faccia a faccia, sua madre la guardò severamente solo per un momento prima di abbracciarla.

La giovane principessa non capiva cosa stesse succedendo a sua madre che la prese per mano per allontanarsi un po' dalla festa. Le due camminarono in silenzio e si sedettero su una panchina. Quando Greta stava per parlare, sua madre si mise un dito sulle labbra per farla tacere.

"Figlia mia, oggi mi hai dato una lezione. Sono anni che ti costringo ad essere chi non sei quando sei perfetta così come sei. Non me ne sono accorta fino ad oggi quando ti ho vista essere te stessa, e tutti ti hanno applaudito. I genitori del principe si sono congratulati con me per avere una figlia così bella e talentuosa".

Gli occhi della principessa si inumidirono quando sentì sua madre dire quelle splendide parole. Madre e figlia si abbracciarono.

Da quel momento in poi, la regina non obbligò più la principessa Greta a rispettare tutti i protocolli, e la principessa assecondò sua madre di tanto in tanto, quando necessario.

Leo e la principessa

La storia racconta che c'era una bella principessina, di nome Arianna, che viveva nella terra dei sogni. Amava giocare nei giardini del castello con le sue bambole e le sue palle, ma quello che le piaceva di più era guardare gli animaletti del giardino.

Una mattina, a colazione, la bella ragazza mise alcuni pezzi di pane nelle tasche del suo vestito. I suoi genitori, vedendola, le chiesero: "Figlia, perché tieni delle briciole di pane nelle tasche?".

"Padre, è per darle agli animaletti del giardino!". Disse la bambina.

Quella mattina, dopo la colazione, Arianna andò, come al solito, a giocare con le sue bambole all'ombra dell'albero più grande e colorato del giardino. Le piacevano molto le sue foglie perché avevano i suoi colori preferiti: rosa, lilla, verde chiaro, fucsia, viola e varie sfumature di arancio. Poi, quando le foglie cadevano sull'erba, diceva che le sembrava il tappeto più bello che avesse mai visto.

Dopo aver giocato per un po', la principessa si sdraiò con le sue bambole e cantò per farle addormentare. Quando si addormentarono, andò alla ricerca delle formiche per nutrirle. Andò dove le vedeva sempre, ma poiché non riusciva a trovarle, prese una briciola di pane dalla tasca e la mise per terra. Qualche minuto dopo, le formiche cominciarono ad arrivare. Quando finirono il pane, la principessa chiese se ne volevano ancora, e rimase sorpresa quando le formiche risposero di sì.

Mentre dava da mangiare e chiacchierava con le formiche, le sue amiche cavallette con i loro vestiti marroni e verdi si avvicinarono e, in breve tempo, lei cantò con loro canzoni felici.

La piccola principessa invitò i suoi amici, i grilli e le formiche, a giocare e fare merenda con le sue bambole, e loro accettarono volentieri. Arianna aveva portato della frutta e alcune caramelle che condivise con i suoi ospiti. Quando stavano cominciando a mangiare, arrivarono le più belle farfalle del giardino. Le loro ali erano coloratissime e alcune sembravano avere un occhio disegnato sulle ali.

Appena arrivate, salutarono i grilli, le formiche e la piccola principessa. La ragazza li invitò a fare uno spuntino e loro accettarono con un sorriso. Parlarono, cantarono e suonarono canzoni allegre.

Improvvisamente, la piccola principessa si accorge che qualcuno li sta osservando e si nasconde dietro uno degli alberi del giardino. La ragazza era un po' spaventata, ma le cavallette le dissero di non preoccuparsi, era Leo, un draghetto amichevole.

Le farfalle e le cavallette si avvicinarono all'albero dove si trovava Leo e cominciarono a volteggiare sopra la sua testa e a fargli il solletico finché il drago non ne poté più e cominciò a ridere di gusto e uscì dal suo nascondiglio.

La ragazza non riusciva a togliersi dallo stupore quando vide quanto era bello quel drago. Tutto il suo corpo brillava alla luce del sole. Le sue scaglie diventavano viola, verde acqua e blu marino ogni volta che si muoveva, e la sua pelliccia aveva ogni sfumatura di blu e viola che si potesse immaginare.

Quando le formiche lo videro urlarono contemporaneamente: "Leo vieni a giocare e a cantare con noi!

Il drago, ascoltando i suoi amici, avanzò verso di loro con un trotto regolare che faceva sembrare che non pesasse nulla, e mentre avanzava, rideva felicemente e muoveva la coda con grazia.

Al suo arrivo, salutò la principessa e chinò il capo.

"Salve, principessa Arianna! Io sono Leo, sono qui per servirti e proteggerti".

"Ciao, Leo! Piacere di conoscerti. Vieni a giocare con noi".

Passarono la giornata giocando allegramente, mangiando, raccontando storie, indovinelli e cantando. La principessa e i suoi amici cavalcarono Leo come se fosse un cavallo, e lui fece loro fare un giro di tutti i giardini del castello.

Alla fine del pomeriggio, tornarono al bellissimo albero colorato, la principessa salutò i suoi amici, prese le sue bambole e andò al castello, ma non prima di accordarsi per incontrarli il giorno dopo nello stesso posto e alla stessa ora.

Tornata al castello, la piccola principessa raccontò ai suoi genitori tutto quello che aveva fatto quel giorno con i suoi amici, e i suoi genitori la ascoltarono con un sorriso sul volto. Pensavano che tutto fosse frutto dell'immaginazione della figlia.

Il giorno dopo, la ragazza mise di nuovo da parte del cibo per i suoi amici, ma questa volta prese un grande tovagliolo e vi avvolse tre pezzi di pane e tutta la frutta che poteva portare.

I suoi genitori la guardarono, sorrisero e le chiesero di nuovo: "Figlia mia, cosa farai con tutto quel cibo?

"Padre, è per dividerlo con i miei amici del giardino, le formiche, le cavallette, le farfalle e Leo".

"Chi è Leo?"

"Il drago più bello e amichevole del mondo!"

"Smettila di inventare tante storie Arianna. Questo è male!" Disse la regina.

"Ma non sono storie madre, è vero! Sono i miei amici!"

La bambina andò come ogni giorno a giocare in giardino, ma questa volta oltre a giocare con le sue bambole, avrebbe giocato con le sue nuove amiche. La bambina si sentiva un po' triste perché i suoi genitori credevano che tutto fosse frutto della sua immaginazione.

Questa volta la piccola principessa si allontanò dal castello e andò a giocare vicino al labirinto. C'erano dei cespugli con fiori di bellissimi colori che profumavano l'aria circostante. Li decoravano con forme geometriche che a Arianna piacevano molto.

Stava giocando da un po' con le sue bambole quando apparvero le farfalle e le cavallette. Chiese loro delle formiche e di Leo e le dissero che presto sarebbero apparsi.

Non appena la principessa tirò fuori la frutta e il pane, avvolti nel tovagliolo, le formiche, percependo l'odore, apparvero li vicino.

"Ciao amici, vi stavo aspettando".

"Ciao principessa Arianna! Non ti avevamo visto vicino al grande albero ma appena abbiamo sentito l'odore del cibo ci siamo diretti qui".

"E sapete dov'è Leo?" Chiese la ragazza.

"Credo che si stia nascondendo dagli adulti. Diventa invisibile e si nasconde quando sono vicini".

La principessa non capiva perché il suo amico drago si stesse nascondendo dagli adulti.

Poco dopo, Leo apparve, la principessa corse ad abbracciarlo, e gli altri applaudirono per festeggiare il suo arrivo. Leo arrossì e tutti risero.

Mentre mangiavano, la ragazza chiese al drago: "Leo, perché ti nascondi dagli adulti e non da me?

"Piccola principessa, tu sei gentile e hai un'anima pura. Inoltre, puoi parlare con noi, cosa che gli adulti non possono fare perché hanno perso la purezza e l'innocenza che hanno i bambini. Inoltre, se mi vedessero, avrebbero paura e mi darebbero la caccia".

"Ma i miei genitori non sono così, Leo".

"Hai detto loro di noi e non ti hanno creduto?" chiese il draghetto.

La ragazza annuì con la testa e i suoi occhi lacrimarono.

"Non essere triste! E' normale negli adulti". Dissero le formiche per rallegrare la ragazza.

Proprio allora, le cavallette cominciarono a suonare la loro musica migliore e le farfalle sbatterono le ali allegramente, invitando la principessa a ballare con loro. Poi, tra ballare e mangiare, le ore passarono, e la ragazza era felice.

All'improvviso, soffiò una forte brezza fredda e cominciò a piovere. Le farfalle non potevano volare perché la brezza non glielo permetteva. Le formiche e le cavallette cercarono riparo. La principessa, per togliersi dalla pioggia, corse in direzione del labirinto e vi entrò senza rendersene conto. Pochi minuti dopo, capì di essersi persa e di non poter uscire da quel posto.

Nel frattempo, al castello, i suoi genitori erano preoccupati perché la loro figlia non era ancora tornata e si sarebbe potuta perdere o ammalare sotto la pioggia battente. Cosi chiamarono le guardie e le mandarono a cercare Arianna per tutto il castello.

Leo sentendo e vedendo gli adulti ovunque si rese invisibile per non essere visto.

Arianna aveva molto freddo, paura e cominciò a piangere non sapendo come fare per uscire da quel labirinto. Era la prima volta che ci entrava.

Il drago vide che gli adulti non riuscivano a trovarla ma non sapeva come guidarli da lei senza essere visto, così decise di andare ad aiutare la sua principessa, senza preoccuparsi di cosa gli sarebbe successo se gli umani lo avessero visto. Volò sopra il labirinto fino a quando non raggiunse la ragazza rannicchiata in un angolo, tremante di freddo. Si abbassò verso di lei e le disse di salire sulla sua schiena e di tenersi forte, l'avrebbe portata al suo castello in men che non si dica!

La ragazza non voleva, sapeva che Leo stava correndo dei grossi rischi, ma gli rispose che non importava, il suo dovere era quello di prendersi cura di lei e proteggerla. Le guardie che cercavano la ragazza si spaventarono e sobbalzarono quando videro che un drago volare fuori dal labirinto, in mezzo alla pioggia, e con la principessa sulla schiena.

Le guardie seguirono il drago e la principessa e furono sorpresi quando videro che si stavano dirigendo verso il castello.

Al re e alla regina, vedendo un drago al cancello, prese quasi un colpo, si spaventarono e furono ancora più sorpresi nel vedere che la loro figlia era sopra di lui e gli parlava. Con molta attenzione, si avvicinarono e videro il drago aiutare la principessa a scendere dalla sua schiena. Poi, lei lo ringraziò per essersi preso cura di lei e per averla portata al castello.

Quando la principessa vide i suoi genitori, corse da loro e li abbracciò. Li vide che non si erano ancora ripresi dallo loro stupore nel vedere quel bellissimo drago che sua figlia aveva descritto loro giorni prima e che aveva riportato la ragazza sana e salva.

La principessa disse loro: "Genitori, vi presento il mio amico Leo, il drago amico e mio protettore".

I genitori non parlarono. Non riuscivano ancora a crederci, così la principessa li spinse e fu allora che reagirono.

"Piacere di conoscerti, signor drago!" dissero i genitori con gli occhi sgranati. Arianna e Leo risero a squarciagola e la ragazza e il drago risero.

"È un onore conoscervi! Sono al vostro servizio, ma potete chiamarmi Leo".

I genitori della principessa furono sorpresi nel vedere che ciò che la loro figlia aveva detto era vero. Da quel momento, Leo divenne il protettore e il guardiano reale della principessa Arianna. Lei imparò che non doveva andare lontano da casa, soprattutto se non conosceva bene la zona. Mentre i genitori impararono che dovevano fidarsi di più della lore figlia.

Draco, il drago solitario

In una foresta molto bella, viveva Draco. Un drago che tutti temevano. Draco era nato nella foresta e tutti lo conoscevano. Quando era piccolo, era molto giocoso, amichevole e aiutava tutti. Non si sa cosa accadde, ma un giorno Draco divenne arrabbiato e cattivo.

Gli altri animali e draghi erano preoccupati ma non sapevano come aiutarlo o cosa ci fosse di sbagliato in lui. Ogni volta che gli si avvicinavano, finivano per litigare. Non volevano più avvicinarsi e pian piano divenne sempre più solitario e lunatico.

Vicino alla foresta, c'era un piccolo villaggio di boscaioli dove viveva una bella ragazza dai capelli biondo grano e dagli occhi color miele. Il suo nome era Bella. Ogni giorno, la ragazza andava nella foresta a raccogliere frutta da portare a sua nonna.

Un giorno, Bella si addentrò nella foresta più di quanto facesse sempre. Era la prima volta che andava in quella zona. La ragazza cantava una bella canzone mentre raccoglieva i frutti per la nonna e li metteva con cura in un cesto. Gli animali della foresta erano deliziati da quella dolce melodia che la ragazza cantava, e in pochi minuti, era già circondata da piccoli animali.

Quando la bambina se ne rese conto, ebbe molta paura, ma un bellissimo coniglio bianco le disse di non aver paura, di cantare agli animali un'altra canzone. La bambina sorrise, cantò loro un'altra bella canzone e gli animali la aiutarono a raccogliere i frutti più belli che c'erano.

Gli animali riempirono il cesto della bambina e lei li ringraziò. Non aveva mai riempito il cesto con frutti belli come quelli. Quando se ne stava andando, gli animali le chiesero il suo nome, lei disse loro che si chiamava Bella e gli animali dissero ad una sola voce: "Principessa Bella", così la bambina sorrise.

La ragazza portò i frutti a sua nonna, che rimase stupita nel vederli così grandi e succosi. Bella le disse che alcuni amici l'avevano aiutata, così la nonna le diede due torte per i suoi amici.

Il giorno dopo la ragazza tornò nella foresta con le torte e chiamò gli animali, ma non vennero. Si ricordò che era stata la sua canzone a portarli da lei, così iniziò a cantare la stessa canzone, ma i suoi amici non vennero lo stesso. Invece, chi apparve, fu Draco. All'inizio aveva il viso grottesco ma si calmo ascoltando dalla melodia della canzone.

Bella, vedendo il drago, rimase sciocccata e senza parole. Poi, Draco ringhiò e lei urlò spaventata. L'urlo della ragazza fece tornare il mal di testa al drago, che si portò le zampe alla testa e disse solo: "Canta!"

La ragazza non capì, ma lentamente cominciò a cantare, e gradualmente il drago cominciò a togliere le zampe dalla testa. Mentre la ragazza cantava, il mal di testa si attenuò.

Gli altri animali, nascosti per paura di Draco, guardavano quello che stava succedendo. Si resero conto che il drago era stato calmato dalla canzone della principessa Bella.

Non sapevano e non capivano il perché, ma era innegabilmente così.

Bella era ancora molto spaventata, voleva scappare lasciandosi il drago dietro di sé. Draco, dal canto suo, nonostante il suo dolore e il suo cattivo umore, ringraziò la ragazza per avergli dato sollievo e le disse che poteva smettere di cantare.

Gli animali che si nascondevano non potevano crederci!

Draco stava ringraziando!

La ragazza, anche se spaventata, chiese al drago perché avesse quel muso aggrottato e arrabbiato. Lui le rispose che gli faceva molto male la testa e, per la prima volta, grazie al suo dolce canto, sentiva un po' di sollievo.

Bella, sorpresa per la risposta disse: "Sono contenta che il mio canto ti abbia dato un po' di sollievo, signore dei draghi, ma ora devo andare".

"Dimmi come ti chiami, ragazzina", disse il drago.

"Il mio nome è Bella e il tuo?".

"Così tu sei la principessa Bella di cui tutti parlano nella foresta. Io sono Draco. E cosa ci facevi qui?".

"Sono venuto a portare questi dolci ai miei amici, li ha fatti e li manda mia nonna".

Vedendo e annusando le torte, al drago venne l'acquolina in bocca. Le afferrò e le mangiò in un solo boccone e in pochi secondi il mal di testa era tornato. Cominciò a ringhiare e a sbattere la testa contro gli alberi, di nuovo, rompendo tutti i rami e i cespugli.

Uno dei conigli corse fuori, afferrò la ragazza per il vestito e le disse di correre. Lei iniziò a correre con il coniglio fino a raggiungere gli altri animali nascosti. Dopo aver ripreso fiato, chiese ai suoi amici il motivo del comportamento di Draco; tutti scossero la testa sconsolati rispondendo che non sapevano il motivo del suo comportamento.

Il cervo disse che era passato molto tempo dall'ultima volta che lo avevano visto parlare con qualcuno. Da quando era diventato così aggressivo, gli animali stavano lontani da lui. Prima, quando era molto giovane, era molto educato e gentile, e piaceva a tutti, ma molto tempo fa è diventato aggressivo, ha distrutto gli alberi della foresta e ha litigato con tutti.

La ragazza non capiva il comportamento del drago, ma disse che avrebbe scoperto il motivo di questo suo cambiamento improvviso e ingiustificato.

"Ringrazia tua nonna per le torte, anche se Draco le ha mangiate". Disse il cerco facendo ridere tutti.

Bella rise e li rassicurò "Non preoccupatevi, chiederò a mia nonna di farne altre e ve le porterò!".

Gli animali la accompagnarono all'entrata della foresta per assicurarsi che non si perdesse.

Appena arrivata in città, andò in biblioteca per studiare tutto quello che poteva sui draghi. In nessun libro trovò una risposta sul perché i draghi potessero avere mal di testa! Così, dopo aver riflettuto a lungo, andò dal veterinario per fargli delle domande.

"Salve, dottore! Ho bisogno che mi aiuti a risolvere un problema".

"Ciao, Bella, come posso aiutarti?"

"Dimmi, perché gli animali diventano improvvisamente aggressivi quando mangiano qualcosa e iniziano a sbattere la testa contro gli alberi?"

Il dottore la guardò per un momento, poi disse: "Di che animale si tratta? Perché non lo porta qui in modo che lo posso controllare per vedere cosa c'è che non va?".

"Non posso dottore; è un animale selvatico e non posso portarlo qui".

"Ho capito mia cara Bella, ma stai attenta con gli animali selvatici, non si sa mai come possono comportarsi! Comunque di solito il problema è dato da un dolore alle orecchie, mentre altre volte hanno mal di denti. Quest'ultima, di solito è la causa più probabile!".

Bella fissò il dottore pensieroso e poi chiese: "E come si fa a controllargli la bocca?"

"Oh Bella, bisogna sedarli e addormentarli per riuscire a guardargli la bocca! Quindi, non provarci nemmeno con un animale selvatico, perché può morderti e può esser molto pericoloso!". Le disse il dottore molto seriamente.

"Grazie, dottore. Volevo solo sapere cos'aveva Draco".

"E chi è Draco?" Chiese curioso il dottore.

"Il drago della foresta!" Bella disse e si rese subito conto che non avrebbe dovuto dirlo.

Quando il dottore sentì che si trattava di un drago, scosse la testa, sorrise e si calmò perché sapeva che i draghi non esistevano.

Il giorno dopo Bella andò dalla nonna molto presto e le chiese se poteva fare diverse torte per il giorno dopo. La nonna le rispose di sì, aveva ancora molta frutta rimasta dalla precedente raccolta.

"Nonna" chiese Bella "quali sono le foglie che usi per fare quel buonissimo thè che allevia e toglie il dolore?" La nonna si girò scrutando la nipote "Lo vorrei dire alla mamma di un mio amico che non sta molto bene".

La nonna guardò nella credenza, prese alcune foglie e gliele diede dicendo il loro nome "Eccole, sono foglie di alloro, raccolte fresche!"

Poi la bambina andò a casa, cercò tra gli attrezzi di suo padre, prese delle pinzette, una torcia e un paio di pinze e li mise in uno zaino insieme alle foglie che le aveva dato la nonna.

Il giorno dopo lasciò lo zaino all'entrata della foresta, poi andò dalla nonna, cercò i dolci e li mise nel cestino. Baciò la nonna per ringraziarla, andò a prendere gli attrezzi all'entrata della foresta, e camminò fino a dove aveva incontrato il drago l'ultima volta.

Appena arrivata, chiamò gli amici della foresta. Apparvero subito, e Bella disse loro che pensava di sapere il motivo del comportamento di Draco e che aveva bisogno del loro aiuto. Gli animali divennero molto nervosi ma accettarono di aiutarla. Prese le foglie e le diede loro dicendo di trovarne altre per lei.

Dopo un po' riapparvero con tantissime foglie di alloro, Bella le schiacciò con una pietra e le mise sopra una grande foglia. Poi cominciò a chiamare il drago.

"Signor Draco, vieni a vedere cosa ti ho portato". E la ragazza scoprì una delle sue torte in modo da far sentire tutto il suo profumo

Gli animali erano nervosi, ma Bella disse loro di non preoccuparsi, e li informò "Quando ve lo dico, passatemi velocemente il trito di erbe!".

Draco si presentò di pessimo umore, si vedeva visibilmente che stava soffrendo. Bella lo salutò appena apparve.

"Come stai Draco? Vuoi che ti canti una canzone per farti sentire meglio?".

Il drago la guardò con sospetto poi annuì.

"Ok, ma sento odore di crostate di frutta. Dove sono?" Disse il drago.

"Non preoccuparti, ti darò la torta a una condizione: Io ti canto per un po' e tu apri la bocca così posso controllarti i denti. Cosa ne pensi?"

"Accetto il tuo accordo, mia piccola ragazza".

Bella cominciò a cantare, e lui cominciò a calmarsi e a sentire meno dolore. Dopo circa tre minuti di canto, Bella salì con cautela sul drago, continuando a cantare, dicendogli di aprire la bocca.

Guardò dentro e vide una scheggia di legno incastrata in una gengiva, che si era gonfiata ed era infiammata. Bella fece segno agli animali di darle la pasta e, con molta attenzione, senza smettere di cantare, mise il trito di erbe sulla gengiva. Poi, con la pinzetta, tirò fuori la scheggia e cosparse la ferita con altro alloro per farla guarire più velocemente.

Bella continuò a cantare, Draco si rilassò così tanto che si addormentò per un po' cullato dalla dolce melodia.

La ragazza andò a lavarsi nel torrente e quando tornò, con grande sorpresa, trovò Draco seduto con gli altri animali che la stavano aspettando con un grande sorriso. Appena la vide Draco, la ringraziò con un enorme sorriso.

"Grazie, principessa Bella, ora so perché ti chiamano così".

"Non è niente di che. Come ti senti, ti fa ancora male?".

"Quasi niente. Cosa avevo in bocca?" Chiese il drago.

Bella gli mostrò il pezzo di legno che aveva nelle gengive, e il drago rimase sorpreso.

"Draco, ti sei guadagnato un premio per la buona condotta".

Bella tirò fuori i dolci e li distribuì tra tutti. Gli animali le mangiarono con grande piacere ringraziando la nonna.

Finita la merenda tutti gli animali tornarono felicemente nel bosco contando e scherzando come non succedeva da molto tempo.

Lily e Roxy

C'era una volta una bella ragazza di nome Lily, con i capelli castani e gli occhi azzurri. Lily era molto birichina e sognatrice, inventava sempre storie con personaggi fantastici, e le sue bambole erano quasi sempre i protagonisti.

Lily amava dare vita ai suoi giocattoli, parlava con gli animali di peluche e beveva il tè con le sue bambole. Ma andava anche oltre, narrando storie magiche piene di avventure, la sua immaginazione non aveva limiti.

Ogni giorno la bambina raccontava una storia nuova o continuava quella del giorno prima. I suoi genitori non sapevano dove trovasse ispirazione per tutte quelle storie e tutta quella immaginazione.

Un giorno sognò Roxy, un bellissimo unicorno bianco con la criniera e la coda rosa e lilla, e disse ai suoi genitori che voleva un unicorno e che la stava aspettando al negozio di giocattoli.

Quel fine settimana, Lily andò insieme ai suoi genitori al negozio di giocattoli del signor Ethan per vedere se avevano qualche unicorno.

Quando arrivarono, la ragazza corse a salutare il suo amico che ricambiò con grande affetto. Appena la vide le disse: "Ciao piccola Lily! Sei stata impegnata? E' da tanto tempo che non vieni a trovarmi. Non riesco a indovinare per cosa sei qui questa volta... credo che qui ci sia una bella amichetta che ti sta aspettando da qualche giorno".

L'uomo prese una splendida scatola dipinta con un arcobaleno e la porse alla bambina. Quando lei vide l'unicorno dei suoi sogni nella scatola, spalancò gli occhi e disse solo: "Sì, è la mia Roxy! Abbracciò la scatola con molto amore".

"Sì, è Roxy!" Disse il giocattolaio, stupito che la ragazza sapesse il nome del giocattolo non essendo ancora stato pubblicizzato.

"È la mia Roxy, quella del mio sogno!" Ripeté la ragazza piena di emozione.

Il signor Ethan, sentendo le parole della ragazza, decise di regalarle il giocattolo. I genitori non volevano accettare, ma il giocattolaio insistette. Disse loro che era la prima volta che sentiva un legame così forte tra un bambino e un giocattolo. Lily diede a Ethan un bacio e un abbraccio per il suo regalo, e lui lo accettò amorevolmente. Ma, prima che se ne andassero, il giocattolaio disse alla ragazza: "Prenditi cura di Roxy. Lei è speciale". E le fece l'occhiolino.

Quando arrivarono a casa, la ragazza corse al piano di sopra e andò nella sua stanza per tirare fuori Roxy dalla scatola. La aprì con molta attenzione e quando tirò fuori il bellissimo unicorno dalla scatola, una specie di polvere dai colori brillanti uscì insieme al giocattolo, spargendosi sulla ragazza e in tutta la stanza.

La bambina rimase incantata dalla luminosità della polvere; pensò che era polvere magica. Lily passò tutto il giorno giocando con la sua nuova amica. Non si separò mai da lei, ovunque andasse, la portava con sé. I suoi genitori la guardavano e sorridevano per la tenerezza con cui la trattava, e per come parlava al suo nuovo giocattolo, come se la capisse. A fine giornata se la portò addirittura sotto la doccia con lei per lavarla.

Era arrivata la sera, e Lily stava ancora giocando nella sua stanza con le bambole e con Roxy. Stavano bevendo il latte con il miele nelle tazze di porcellana con cui la bambina giocava. Sua madre salì al piano di sopra per darle la buonanotte e leggerle una storia prima di andare a dormire, come faceva sempre.

Lily mise a letto le bambole e diede loro la buonanotte, dicendogli di ascoltare la storia che la loro mamma avrebbe letto per farle dormire. Poi salì sul suo letto per dormire insieme a Roxy.

"Mamma, puoi raccontarci una bella storia della buonanotte... ".

La madre sorrise, la baciò sulla fronte e cominciò a leggere una nuova storia alla bambina e ai suoi giocattoli. Quando la bambina si addormentò, la madre mise l'unicorno con le bambole e spense la luce.

Quella notte, dopo che i genitori della bambina si addormentarono, qualcosa di magico accadde nella stanza di Lily. La ragazza stava dormendo profondamente, ma qualcosa le spostò il piede sinistro. La ragazza scosse la gamba, ma non si svegliò. Poi sentì il suo braccio sinistro muoversi, ma si girò nuovamente senza svegliarsi. Disse solo, mezza addormentata: "Roxy fammi dormire".

Pochi secondi dopo, si sentì leccare il viso e spingere la testa, poi una voce dolce e morbida disse: "Svegliati Lily!". La bambina aprì gli occhi, e quando si girò, vide Roxy accanto a lei con un gran sorriso che diceva: "Svegliati dormigliona!" La bambina saltò a sedere sul letto e si strofinò gli occhi per vedere meglio.

"Roxy sei tu! Quanto sei grande! Sei reale, lo sapevo!" L'unicorno rise, e la bambina la abbracciò.

"Certo che sono reale, sono il tuo magico unicorno, e ti stavo aspettando da tanto tempo".

La ragazza era molto felice e aveva un bellissimo sorriso sul viso.

"Sali sopra la mia schiena, andiamo a fare una passeggiata nel mondo di Fantasia", disse Roxy.

La ragazza salì sulla schiena dell'unicorno e si aggrappò alla sua criniera rosa e lilla. La finestra si aprì e, come per magia, Roxy saltò fuori molto dolcemente e delicatamente. La bambina era felicissima, sentiva la fredda brezza notturna sul viso, ma non aveva freddo e stava volando con il suo amico unicorno.

Passavano vicino alle cime degli alberi, e lei vedeva la sua casa e la macchina di suo padre dall'alto. Ogni volta salivano più in alto, tanto che lei toccava le nuvole con le sue manine. Non poteva crederci, stava volando!

"Ti piace Lilly?" Chiese Roxy.

"Sì, la adoro!"

E improvvisamente, passarono attraverso una grande nuvola bianca, e quando ne uscirono, erano nel mondo di Fantasia. Roxy volò con la ragazza sopra quel luogo magico per farglielo esplorare. Dopo un po' scesero dolcemente e l'unicorno disse: "Benvenuta nel mio mondo!".

Lily scese dalla schiena dell'unicorno e si guardò intorno con stupore. Mentre camminavano, Roxy mostrava il suo mondo a Lily che era felice di vedere ragazze ballare e cantare con le bambole, così come di vedere i ragazzi giocare e parlare con le macchinine e i camion. In questo fantastico mondo tutto prendeva vita. Ovunque guardasse vedeva unicorni che accompagnavano i bambini giocando con loro.

La ragazza vide che la maggior parte dei bambini stavano bevendo un frullato, mangiando dei dolci o delle caramelle. Roxy vide la sua amica guardare quei dolci e le chiese se voleva qualcosa da mangiare o da bere. Lily rispose che voleva una tavoletta di cioccolato al latte. L'unicorno le disse: "Chiudi gli occhi, stendi le mani e desidera ciò che vuoi".

La ragazza chiuse gli occhi, allungò le mani e desiderò la sua tavoletta di cioccolato. Il cioccolato che voleva apparve magicamente nelle sue mani. Lily guardò il cioccolato... non poteva crederci. Lo aprì immediatamente e lo mangiò. Era il cioccolato più buono che avesse mai mangiato in vita sua.

Continuarono a camminare, ogni cosa era stupenda, con colori vivi e lucenti, vide una cascata di acque cristalline rosa e blu, circondata da fiori di bellissimi colori che conversavano tra loro. Alcune bellissime sirene stavano facendo il bagno e alcuni bambini giocavano con loro nell'acqua. C'erano molti uccelli graziosi e tutti sapevano parlare. Roxy si mise a ridere quando vide la faccia stupita della ragazza.

Lily non poteva credere che esistesse un mondo simile. Quello era il mondo dei suoi sogni; quello su cui sognava sempre ad occhi aperti, e quello su cui creava sempre le sue avventure e storie. Quello era il suo mondo di Fantasia, ed era reale, era il mondo di Roxy, la sua amica Unicorno.

La ragazza passò tutta la notte con la sua amica, giocando e mangiando. Di tanto in tanto, vedeva cose nuove e meravigliose solo desiderandolo. Era felice e a suo agio.

Ma arrivò un momento in cui la ragazza cominciò a sentirsi un po' triste e non sapeva cosa le stesse succedendo. Si stava stancando di ridere così tanto e di avere tutto quello che voleva solo pensandoci. Cominciava ad annoiarsi.

A Lily cominciava a mancare la tranquillità della sua casa, la sua stanza, i suoi giocattoli, la sua casa, i suoi piccoli amici, ma soprattutto le mancavano i suoi genitori, la loro voce, i loro rimproveri e le loro risate. Le mancava la cucina di sua madre e suo padre che la portava in braccio. Le mancavano i baci della buona notte dei suoi genitori, e le storie che sua madre le leggeva prima di dormire. Lily voleva tornare a casa.

Roxy capì che c'era qualcosa che non andava nella sua amica Lily e le chiese cosa c'era, e, in quel momento la ragazza cominciò a piangere.

"Cosa c'è che non va Lily, ti fa male qualcosa? Ti senti male?"

"No, è solo che mi mancano la mia mamma e il mio papà!", e continuò a piangere.

Roxy, vedendo la ragazza piangere inconsolabilmente, decise di tornare a casa, a casa di Lily. La ragazza salì di nuovo sopra il suo bellissimo unicorno, ma questa volta non le afferrò la criniera. La abbracciò per il collo e chiuse i suoi piccoli occhi pieni di lacrime. Era l'alba.

In un batter d'occhio, stavano entrando dalla finestra della stanza della ragazza. La finestra si chiuse dietro di loro e la ragazza scese dall'unicorno.

"Grazie, Roxy. Sei il miglior unicorno del mondo. Ti amo."

La ragazza baciò l'unicorno e si sdraiò sul letto. Mise a malapena la testa sul cuscino e si addormentò.

Era già tardi e Lily non si era ancora alzata. I suoi genitori, un po' preoccupati, andarono a vedere se si sentiva male. Non era normale per lei dormire così tardi. Quando entrarono nella stanza, lei stava ancora dormendo; le toccarono la fronte per vedere se aveva la febbre. Quando Lily sentì i suoi genitori nella stanza, si svegliò e li abbracciò molto forte.

"Mi siete mancati così tanto!" Disse loro la ragazza con gli occhi umidi.

I genitori di Lily la abbracciarono molto forte e iniziarono a baciarla, poi iniziarono a farle il solletico per tirarla su e farla ridere.

La ragazza raccontò loro della sua avventura con Roxy, del mondo fantastico e di tutto quello che aveva visto e mangiato. I suoi genitori ascoltavano attentamente e sorridevano alla sua storia. Più la bambina raccontava, più si stupivano dell'immaginazione della sua bambina.

I suoi genitori sorridevano, la baciavano e dicevano: "Che sogno hai fatto stanotte, piccola!"

Ma la piccola Lily sapeva che non era stato un sogno... aveva ancora un pezzo di cioccolato nella tasca del pigiama.

La principessa guerriera

C'era una volta una piccola e graziosa principessa di nome Dayana. Veniva da una stirpe di donne e uomini guerrieri. Fin da piccola le piaceva guardare gli allenamenti di tutti i guerrieri, ma i suoi genitori la rimproveravano sempre perché non volevano che diventasse una combattente come i suoi tre fratelli. La ragazza, ogni volta che poteva, giocava nella foresta per combattere contro gli alberi, li attaccava con rami e bastoni usandoli come se fossero la sua spada.

Dayana era una bella ragazza, con una pelle chiara e liscia, capelli castani, occhi azzurri profondi e folte ciglia nere. A prima vista, era una ragazza molto fragile e delicata, ma dentro era una piccola guerriera, molto forte.

Suo fratello maggiore era l'unico a sostenerla nel suo desiderio di imparare a combattere. Parlò anche ai genitori dicendogli genitori che doveva imparare a difendersi dai draghi e da qualsiasi altro pericolo come facevano tutte le altre donne.

Per il suo decimo compleanno suo padre le regalò un bellissimo unicorno magico. Quando la bambina lo vide, si commosse molto. Abbracciò suo padre per ringraziarlo, poi lo fissò emozionata, solo le donne guerriere avevano un unicorno come cavallo per la loro protezione. Suo padre le disse: "Figlia mia, è ora che inizi il tuo addestramento per diventare un guerriero".

La principessa si inchinò a suo padre in segno di obbedienza e rispetto, poi lo abbracciò di nuovo e corse fuori saltando di gioia.

Il giorno seguente, la principessa iniziò il suo addestramento con gli altri bambini, come se fosse una bambina qualsiasi. Imparò a controllare il suo unicorno, che chiamò Tuono, e a padroneggiare l'arco e le frecce. Non piangeva mai quando veniva colpita o ferita. Era molto coraggiosa. A

La principessa si allenava molto duramente e divenne una delle migliori a combattere. Quando i suoi fratelli la vedevano distratta, la attaccavano di sorpresa, e la ragazza rispondeva all'attacco con agilità, forza e riflessi pronti, tanto da far stupire anche i fratelli più allenati e forti. A volte era addirittura lei ad attaccarli quando erano distratti, e loro non reagivano così rapidamente come sua sorella.

Dayana e Tuono divennero una coppia inseparabile. C'era un legame insolito tra i due. Comunicavano per telepatia. Lei non aveva bisogno di chiamarlo o di fischiare come facevano gli altri guerrieri con il loro unicorno. Lo chiamava solo con i pensieri.

Man mano che la principessa cresceva, diventava più forte e più bella. I suoi genitori e i suoi fratelli erano molto orgogliosi di lei.

Era il compleanno del re e la regina, volendo festeggiare alla grande, indette una grande festa. C'erano molti ospiti. La regina e il re indossavano i loro abiti migliori. I principini, fratelli di Dayana, erano vestiti elegantemente e erano molto belli. Ma la principessina non era ancora apparsa nella sala da ballo. La regina salì nella sua stanza per vedere dove fosse finita la figlia e perché non era ancora scesa. Quando entrò la trovò seduta sul letto ancora non vestita.

"Figlia, cosa ti succede? Perché non sei alla festa e non sei ancora vestita? Ti aspettano tutti!".

"Madre, è tanto tempo che non indosso l'abito di gala e non mi sento a mio agio".

La regina sorrise e le chiese di vestirsi per suo padre, perchè voleva ballare con la sua bella figlia. Dayana acconsentì alla richiesta e la regina e le damigelle aiutarono la principessa a vestirsi e a prepararsi.

"Sei bellissima!" disse la madre orgogliosa.

La regina scese per prima e disse al re che sua figlia stava scendendo, e lui andò ai piedi delle scale per aspettarla. Quando Dayana iniziò a scendere le scale, tutti nella stanza caddero in silenzio di fronte alla bellezza della principessa. Anche i suoi fratelli erano stupiti di vedere la sorella così bella, perché l'avevano sempre vista vestita da guerriera.

Il re le diede la mano e la condusse al centro della sala per ballare. Lei fece partire la musica e padre e figlia danzarono armoniosamente. Quando la principessa finì di ballare con il re, tutti i principi invitati al castello vollero ballare con la principessa Dayana. Quella sera la principessa non smise mai di ballare.

Solo il principe Arthur, un principe di uno dei regni vicini, non aveva ballato con Dayana. La principessa era visibilmente stanca e lui lo notò, così le si avvicinò e la invitò a fare uno spuntino sul balcone per riposarsi.

La principessa fu sorpresa che lui non le chiese di ballare e accettò volentieri l'invito del cavaliere.

"Permettetemi di presentarmi, sono il principe Arthur, del regno più vicino a voi".

"Piacere di conoscervi, principe Arthur. Grazie per avermi invitato a fare uno spuntino e non a ballare".

Il principe non riuscì a contenere le sue risate vedendo quanto fosse sincera la principessa, e anche lei rise. Fu così che ruppero il ghiaccio e misero da parte i protocolli reali, che non piacevano a nessuno dei due. Passarono tutta la notte a parlare e ridere sul balcone.

Passò poco tempo e apparvero i draghi. Stavano distruggendo i raccolti degli altri regni in cerca di cibo e si stavano avvicinando a quelli della principessa e del principe. Tutti erano all'erta per proteggere ciò che avevano seminato. Il padre di Dayana e il padre di Arthur decisero di unire le forze per combattere i draghi che si stavano avvicinando al regno di Dayana. Ogni guerriero dei due regni montò sul proprio unicorno e si preparò al combattimento.

A Dayana e Tuono successe qualcosa di molto strano, mentre si stavano avvicinando, sentirono i pensieri di uno dei draghi.

La principessa lasciò il gruppo di guerrieri e andò dai fratelli per dirgli quello che stava succedendo e le sue intenzioni. Voleva avvicinarsi il più possibile per scoprire quale drago lei e Tuono potevano sentire. A quella richiesta i fratelli risposero un fermo e secco "NO", non volevano perché era troppo pericoloso. Alla fine, dopo una discussione molto accesa, riuscì a convincerli e, insieme al fratello maggiore, volarono sui loro unicorni e si avvicinarono il più possibile ai draghi per poter ascoltare e scoprire cosa stessero facendo e quale fosse il loro piano d'attacco. Ma dovevano stare attenti perché anche il drago ascoltava loro.

I draghi si stavano preparando a distruggere i raccolti della regione. Si stavano organizzando e stavano tramando la loro strategia di attacco. Il drago aveva sentito i pensieri della principessa e li aveva comunicati ai suoi compagni. Ora sapevano che li stavano aspettando nel regno della principessa, quindi decisero che sarebbero andati prima nel regno del principe Arthur.

Quando Dayana capì il cambiamento del piano, disse a Tuono di cantare molto forte in modo che il drago sentisse il suo canto e non i suoi pensieri. La principessa disse a suo fratello quello che aveva sentito e lo mandò ad avvisare gli altri, ma lui non voleva lasciarla sola. Lei gli disse che se lui non avesse avvertito Artù, sarebbe andata da sola dove si trovavano i draghi. Il fratello non ebbe altra scelta che lasciarla sola e portare il messaggio.

Quando rimase sola con Tuono, inizio a pensare per comunicare con il drago. Gli disse che voleva parlare con lui e che voleva incontrarlo da sola in un posto lontano sia dagli altri draghi che dai guerrieri. La distruzione dei raccolti doveva essere evitata, potevano raggiungere un accordo.

Il drago accettò, e si riunirono in una foresta lontana e isolata da tutti. Il drago era molto curioso, voleva vedere il volto dell'umano con cui poteva comunicare. Quando furono faccia a faccia e si videro in volto, la principessa rimase stupita dai colori del drago. Le sue scaglie e la sua pelle cambiavano colore a seconda dell'intensità della luce del sole, e i suoi occhi erano giallo ambra e risaltavano luccicando. Il drago sentì l'ammirazione della principessa per il suo aspetto e capì che era reale e sincera.

"Drago, dobbiamo evitare una lotta tra il tuo popolo e il mio per il cibo. Dimmi cosa possiamo fare".

"Chi sei tu?" Chiese il drago.

"Sono la principessa Dayana, e tu chi sei?".

"Sono Aiden, secondo in comando e figlio di re Kulun".

I due si guardarono in faccia per qualche minuto senza dire nulla.

"Perché hai distrutto i nostri raccolti?" Chiese la principessa.

"Stiamo cercando una cosa che ci è caduta".

"Se mi dici cos'è, forse possiamo aiutarvi a cercarla ed evitare la distruzione e la guerra".

Il drago ci pensò per un momento senza distogliere lo sguardo dalla principessa e da Tuono.

"Ho intenzione di fidarmi di te principessa Dayana, ma se ci tradisci distruggeremo tutto".

"Puoi fidarti di me. Dimmi cosa state cercando e vi aiuteremo a trovarlo".

"E' una gemma d'ambra, come i miei occhi. È piccola, delle dimensioni di un uovo di struzzo, e ha un piccolo drago al suo interno. È molto importante per noi".

"Fidatevi di noi, se è nelle nostre terre la troveremo. Dateci una settimana per cercarlo e poi ci incontreremo in questo stesso posto".

"Così sarà. Una settimana sarà il termine".

Il drago si ritirò e tornò dalle sue truppe e la principessa volò indietro verso il suo popolo. I draghi si ritirarono, come Aiden aveva promesso. La principessa raccontò ai guerrieri ciò di cui aveva parlato con il drago. All'inizio non volevano crederle. Era la prima volta che sentivano che un umano poteva parlare con i draghi e gli unicorni.

"Signori, io non parlo con gli unicorni, ma solo con Thunder. Tra me e lui c'è un legame molto speciale che non so spiegare, e oggi ho scoperto di averlo anche, e solo, con Aiden. Questo è il suo nome, il nome del drago".

Molti si misero a ridere fino a quando arrivò Arthur con il suo unicorno dorato.

"Perché ridete! Io ho la stessa connessione con il mio unicorno. È vero e reale! Credete a quello che dice la principessa o i draghi distruggeranno tutto il nostro cibo".

La principessa fu sorpresa di sentire il principe e lo ringraziò.

I due regni cercarono senza sosta la gemma dei draghi. Cercarono nei laghi, nelle pozzanghere, nei raccolti centimetro per centimetro, e non la trovarono. Cercarono persino nelle case della città, nel caso qualcuno l'avesse trovata e nascosta, ma la pietra non apparve.

Era l'ultimo giorno prima della scadenza, tutti erano disperati. La regina mandò a prendere dell'acqua fresca dal pozzo per fare il bagno e calmarsi. Proprio in quel momento Dayana si rese conto che il pozzo era l'unico posto dove non avevano cercato, così vicino, proprio sotto il loro naso. Scese nel pozzo e la sua sorpresa fu grande quando vide la gemma d'ambra.

Il giorno dopo, lei e il principe Arthur, accompagnati dai loro unicorni, si recarono nella foresta dell'incontro e si misero ad attendere il drago, per dargli la gemma tanto desiderata.

Quando Aiden arrivò, salutò la principessa Dayana. Lei lo presentò al principe, e si resero conto che anche lui poteva ascoltare e comunicare con il possente drago. Gli diedero quello che stava cercando. Il drago era molto grato di averla trovata, ma la principessa era curiosa di sapere qualcosa.

"Aiden, perché quella pietra è così importante per te?"

"Questa gemma è la fonte di energia per il mio popolo. Ecco perché è così importante".

Grazie al potere del dialogo e della comunicazione, umani e draghi avevano fatto pace e creato valore e unione tra le due civiltà. Ora si aiutavano a vicenda e non ci furono guerre per molti secoli.

La Formica e il drago

La storia racconta che nella foresta viveva un piccolo drago blu sorridente e amichevole, a cui piaceva avere molti amici. Il piccolo drago si chiamava Jerry, ed era il custode delle piante della foresta e il protettore degli animali più piccoli e indifesi.

La foresta era piena di tanti bei fiori colorati e profumati che Jerry coltivava e curava. Tutti si divertivano a mangiare i frutti degli alberi che il piccolo drago aveva piantato in modo che il cibo non mancasse mai. La foresta sembrava un bel giardino grazie alle cure di Jerry. Aveva anche fatto un patto con le formiche, che non avrebbero mangiato i frutti del sottobosco.

Il piccolo drago era sempre circondato da amici, quando non lavorava nella foresta, giocava, cantava e mangiava con gli altri animali. Di notte, Jerry si divertiva a guardare la luna; gli piaceva come illuminava l'intera foresta, ma gli piacevano anche le notti con il cielo stellato. Quando riusciva a vedere una stella cadente si eccitava molto, chiudeva gli occhi ed esprimeva un desiderio.

Quello era Jerry, un drago felice e il migliore amico di tutti nella foresta.

Ma un bel giorno Jerry cambiò. Nessuno sapeva cosa gli fosse successo. Il drago divenne imbronciato. Quando giocava alla lotteria con i suoi amici, si alzava improvvisamente dal tavolo, buttava giù tutto quello che c'era sopra e scappava emettendo fumo dalla bocca. Non giocava più alle corse o a nascondino perché finiva sempre per infuriarsi e lanciare fumo o fuoco nel peggiore dei casi. Rispondeva male a tutti, e voleva sempre litigare o lottare.

Ma la cosa peggiore è che non si curava più dei giardini fioriti e degli alberi da frutta. Dato che era sempre furioso, i fiori cominciarono ad appassire, così non si preoccupò più di piantarli.

Gli anni passavano e il drago diventava sempre più scontroso e di cattivo umore. Lentamente, stava finendo gli amici. Prima tutti nella foresta parlavano di Jerry il drago amichevole, ora parlano di Jerry il drago irascibile e solitario.

Un giorno una piccola formica arrivò nella foresta con una valigia, la sua borsa e il suo cappello. Era nuova della zona e non conosceva nessuno. Quando arrivò, vide in lontananza un giardino di fiori non molto belli, ma in fondo erano fiori. Si avvicinò per cercare le sue cugine, le formiche della zona, ma non le trovò nel posto. Rimase nel giardino per un po' per riposare e mangiare un po'.

La piccola formica si mise di nuovo in cammino alla ricerca di un formicaio. Mentre camminava vide in lontananza che i suoi cugini correvano verso di lei. La formichina non sapeva cosa stesse succedendo, ma afferrò con forza la sua valigia e corse con le altre formiche che gridavano "Scappiamo arriva Jerry!"

Entrarono tutte nel formicaio stanche e sudate dopo una lunga e veloce corsa. Il trambusto era così grande che le formiche non si erano accorte di avere un visitatore. Dopo aver preso fiato, la piccola formica appena arrivata chiese: "Da chi stavate scappando?". E fu allora che notarono la nuova formica.

"Come ti chiami e da dove vieni?" Chiese una delle formiche del formicaio.

"Ciao! Io sono Philomena, vengo dal sud della foresta e sono in cerca di amici e di nuovi posti dove trovare del buon cibo. Intorno a dove vivevo, hanno abbattuto e bruciato l'intera area e hanno distrutto tutto. Ora non si trova né cibo né un rifugio sicuro".

"A proposito, chi è Jerry e perché stavate scappando da lui?" Chiese Philomena.

"Jerry è il drago della zona, il drago brontolone".

Philomena non aveva ancora capito. Così decise di esplorare la zona, ma quando stava per andarsene, i suoi cugini le dissero di stare lontana dal drago perché, improvvisamente, impazziva e cominciava a fumare o a sputare fuoco dalla bocca.

"Grazie per avermi avvertito, ma andrò comunque ad esplorare la zona per vederlo".

Philomena lasciò il formicaio per fare un giretto e scoprire la nuova foresta e per fare nuove amicizie. Indossava il suo piccolo cappello da cuoco con un piccolo fiore nella parte posteriore che lo adornava. Mentre camminava, canticchiava una bella canzone. Passò vicino al ruscello e bevve dell'acqua perché aveva molta sete, poi andò nel giardino dei fiori per mangiare qualcosa e poi prendere e portare del cibo ai suoi cugini nel formicaio.

La formichina era stata nel giardino per un po', aveva già mangiato qualcosa e ora stava raccogliendo del cibo da portare via. Per un momento le sembrò che il pavimento tremasse. Dopo un po' sentì di nuovo il tremore sotto le gambe, quando improvvisamente sentì una voce forte. "Chi sei e cosa fai nel mio giardino?", chiese la voce.

La piccola formica si voltò rapidamente per vedere chi stava parlando in modo così brutto e con un alito così cattivo.

"Ciao, io sono Filomena, e tu chi sei?". La formichina sapeva già che era Jerry, ma glielo chiese lo stesso.

"Io sono Jerry e tu sei nel mio giardino di fiori, e nessuno entra nel mio giardino". Disse il drago molto arrabbiato.

"Allora tu sei Jerry, il drago irritabile". Risposte la formica facendo arrabbiare ancora di più il drago.

"Fuori dal mio giardino!" disse.

"Se me lo chiedi gentilmente, lascerò il giardino che appartiene a tutti gli animali della foresta".

Il drago era più furioso di quanto non fosse già, nessun animale della foresta gli aveva mai parlato così, tanto meno uno così piccolo. Ma si rese conto che quello che la formica gli aveva detto era vero, il giardino apparteneva alla foresta, lui non ne era il proprietario.

Il drago ringhiò forte, il fumo gli uscì dal naso e dalla bocca, poi, quando stava per lanciare il fuoco, si girò e se ne andò sbuffando.

Gli animali che avevano assistito alla discussione si avvicinarono alla piccola formica e applaudirono. Tutti erano stupiti di quello che era successo; erano anni che nessuno diceva niente al drago. Tutti lo temevano. Fu così che Filomena incontrò tutti gli altri animali che vivevano nella zona.

Quando la piccola formica raggiunse il formicaio, le altre formiche sapevano già cosa era successo. Uno degli uccelli, il canterino, aveva portato loro la notizia. Le formiche erano orgogliose della loro cugina Filomena.

Jerry continuò con il suo cattivo umore e, nonostante quello che era successo con Filomena, gli altri animali non andarono in giardino.

Filomena divenne una formica molto popolare e l'orgoglio del formicaio. Convinse gli altri animali a sistemare e abbellire il giardino fiorito. All'inizio gli animali non volevano farlo, ma lei disse loro che il giardino apparteneva a tutti e non solo a Jerry.

Così iniziarono i lavori anche se gli animali erano intimoriti. Gli uccelli vegliavano dall'alto, e quando vedevano il drago avvicinarsi, volavano velocemente per avvertire gli altri animali, che scappavano, tutti tranne Filomena. In poco tempo, il giardino si riprese e tornò come prima.

Dall'arrivo di Filomena, le cose nella foresta erano cambiate. Ancora una volta gli animali si riunivano per parlare, giocare e festeggiare i compleanni come erano soliti fare, ma nessuno invitava il drago.

Jerry era diventato ancora più solo e scontroso di prima, non andava più neanche nel giardino. Ogni tanto, lo sentivano ruggire da lontano e vedevano il fumo.

Un giorno Filomena chiese agli animali se Jerry fosse sempre stato come era ora, e tutti le dissero di no. Dissero alla formica chi era Jerry, o almeno com'era prima.

La piccola formica non capiva perché fosse cambiato così tanto e da un giorno all'altro. Doveva essergli successo qualcosa e Filomena si mise in testa di cercare di scoprire cosa era capitato a Jerry, perché il suo comportamento non era normale.

Filomena espose le sue intenzioni ai suoi amici che gli risposero di non farlo, poteva solo andare male. Ma la piccola formica era molto testarda, li ignorò e si preparò per avvicinarsi al drago in modo sicuro.

Due giorni dopo, Filomena aveva tutto pronto per cercare Jerry. Gli animali avevano preparato i dolci che piacevano di più al drago.

Gli uccelli volarono in alto e indicarono la posizione del drago in modo che potesse andare direttamente da lui con le deliziose torte. Finalmente arrivò sul posto, ma Jerry stava dormendo. Filomena lasciò le torte nelle vicinanze e si avvicinò silenziosamente al luogo dove si trovava il drago. Mentre si avvicinava, poté vedere che il drago aveva delle schegge conficcate in due delle sue zampe.

Filomena iniziò con molta attenzione a rimuovere le schegge dalle zampe del drago, ma ce n'era una che era profondamente sepolta. Quando finalmente la tolse, il drago si svegliò e urlò: "Ahi!

Jerry vide la piccola formica con diverse schegge accanto. Sentì un enorme sollievo nella sua zampa destra, ma la zampa sinistra gli faceva ancora male. Filomena gli disse che aveva altre schegge nell'altra zampa, che se fosse rimasto fermo le avrebbe rimosse. Il drago rimase calmo e permise alla formica di rimuovere le altre schegge che aveva nella zampa.

Quando finalmente finì, il drago versò lacrime di sollievo e Filomena pensò di avergli fatto male.

"Ti ho fatto male togliendo le schegge?" Chiese la formichina molto preoccupata.

"Ora non mi fa più male, anzi, ora provo sollievo. Mi hai tolto il dolore che ho avuto per molti anni, quando camminavo. Grazie, Filomena! Ti sarò sempre riconoscente"

La formichina sorrise e gli disse di non muoversi, che gli stava portando qualcosa dai suoi amici del bosco. Andò a cercare i dolci che piacevano tanto e glieli diede. Quando Jerry le vide, pianse come un bambino.

"Perché piangi, Jerry?"

"Mi sono comportato molto male con i miei amici in tutti questi anni a causa del dolore così forte che avevo nelle zampe. Sono stato molto sgarbato e scontroso con tutti".

"L'importante è che tu riconosca il tuo errore". Gli disse la formichina.

Jerry condivise la torta con Filomena e, dopo pochi secondi, tutti gli animali apparvero gradualmente. Non potevano credere a quello che i loro occhi vedevano.

"Avete visto che non ho mentito!" Disse l'uccello canterino e tutti risero, compresp Jerry.

"Amici, devo scusarmi per tanti anni di maltrattamenti nei vostri confronti. Il dolore alle zampe mi stava uccidendo e mi teneva di cattivo umore".

E poi Filomena, la formichina appena arrivata disse a tutti i suoi nuovi amici: "Che questa sia una lezione per tutti noi. Quando uno dei nostri amici si comporta in modo strano, dobbiamo scoprire cosa c'è che non va. Bisogna insistere per capire come poterlo aiutare, e dobbiamo imparare anche noi a chiedere aiuto. È a questo che servono gli amici e la famiglia!!"

Brachiosaurus altithorax

Enorme dinosauro erbivoro vissuto nel Giurassico superiore. Il suo nome significa "lucertola del braccio", probabilmente perché le sue zampe anteriori erano più lunghe di quelle posteriori. Brachiosaurus è uno dei più grandi animali viventi sulla terra, ed è diventato uno dei dinosauri più famosi e conosciuti al mondo.

Brachiosaurus

Probabilmente raggiungeva i 24 metri di lunghezza e avrebbe potuto alzare la testa fino a 12 o 13 metri di altezza. Materiale frammentario da esemplari ancora più grandi suggerisce che il brachiosauro poteva raggiungere dimensioni superiori del 15%. Tra questi resti, bisogna ricordare una fibula isolata lunga più di 1,3 metri e lo scapolarcoracoide attribuito al cosiddetto Ultrasauros.

Il peso di questo gigante è oggetto di dibattito: si pensa che sia compreso tra 15 e 78 tonnellate. Gli esemplari più grandi potrebbero aver pesato circa 60 tonnellate.

Il CUORE della giungla

Philip era un brachiosauro molto intelligente, amava giocare con gli insetti della giungla e con i suoi amici dinosauri. Un giorno, il fratello, lo prese di sorpresa tra gli alberi. Era molto eccitato: "Sorpresa! Vieni Philip! Alzati da terra e seguimi. Penso di aver trovato un nuovo posto per divertirci".

Il brachiosauro indifferente lo guardò e disse: "Proprio ora? Gli insetti stanno costruendo una nuova casa su questo albero. Lasciami stare qui, voglio vedere e imparare come fanno. Poi tra poco è mezzogiorno, e potrei avere molta fame!".

"Uffa!!!! E se quel posto fosse molto più divertente dei tuoi insetti? Devi avere paura... Philip ha paura di divertirsi!" Quando il fratello la prese in giro, il brachiosauro si alzò e disse: "Non ho paura di divertirmi!! Va bene che ti accompagno, ma prima dobbiamo andare a cercare degli spuntini da portare con noi".

Il brachiosauro annuì felice di averlo convinto, così insieme andarono nella giungla alla ricerca del cibo che Philip voleva. Mentre camminavano tra gli alberi, il brachiosauro chiese: "Dove andiamo oggi?".

"Andremo alla ricerca del tesoro perduto della giungla. Ne hai già sentito parlare?" Sentendo le parole del fratello, Philip smise di raccogliere bacche e guardò il fratello come se non potesse credergli.

"Il tesoro della giungla?" Gli chiese

Lui rispose: "Certo, Philip. Nel cuore della giungla c'è il segreto meglio custodito di tutti questi alberi".

In quel momento si poteva notare l'emozione del brachiosauro, i suoi occhi brillavano con tale intensità che si poteva quasi dire che Philip volesse urlare dall'emozione.

Philip disse: "Ma non possiamo farlo da soli. Sicuramente, prima di arrivarci, dovremmo passare attraverso trappole pericolose".

Il fratello la guardò attentamente, poi disse: "Ripensandoci, hai proprio ragione. Che ne dici di invitare i tuoi amici? A loro piacerà sicuramente venire con noi".

Questa volta Philip non poté fare a meno di lanciare un urlo di eccitazione: "Sì! Vieni, dobbiamo andare a prenderli".

Philip e suo fratello si diressero verso le montagne. Con molta cautela, il brachiosauro alzò il collo, fece un respiro profondo, e senza poter resistere urlò: "Squadra del tesoro!"

Il fratello di Philip la guardò senza capire cosa avesse gridato verso l'orizzonte: "Hai gridato così? Sono sicuro che i tuoi amici sono..."

Prima che potesse finire la frase, diversi dinosauri uscirono da tutte le parti, uno con piccole mani, un altro che volava, uno con un lungo collo e un altro che dava l'impressione di poter correre molto velocemente.

Philip presentò i suoi amici al fratello: "Questi sono Rex, Flapy, Sun e Flash; sono i miei amici".

Rex, che aveva mani più piccole degli altri, chiese: "Qualcuno ha detto tesoro?".

Philip annuì, spiegando tutto quello che il fratello aveva detto pochi minuti prima, così il brachiosauro continuò, "...Dobbiamo andare sulle montagne viola, attraversare il lago di zolfo, passare la sala delle liane e infine aprire la porta del cuore della giungla".

I ragazzi furono sorpresi dal piano, ma furono tutti d'accordo "Partiamo all'avventura!" e iniziarono la loro grande avventura dirigendosi verso i monti.

Arrivati alle pendici delle montagne viola, un cupo annuncio li stava attendendo, proprio all'ingresso: "Solo chi si fida dei propri amici può sopravvivere".

Si guardarono tutti negli occhi "Noi siamo amici, anzi molto di più, siamo fratelli e ci fidiamo ciecamente l'uno dell'altro! Andiamo l'avventura ci aspetta!" e entrarono coraggiosamente nel luogo.

La prima tappa fu il lago sulfureo. Philip aveva un senso dell'olfatto molto acuto. "Credo che sia qui intorno. L'odore di zolfo sta diventando molto più intenso e forte", disse Philip.

Dopo alcuni minuti apparve un enorme lago grigiastro e gorgogliante, il brachiosauro annuì, "Si, siamo arrivati".

Gli altri dinosauri lo guardarono dubbiosi, perché nessuno sapeva come avrebbero potuto attraversarlo. Ogni volta che un dinosauro metteva piede in un lago di zolfo, si ammalava per settimane.

"Come faremo ad attraversarlo?" Chiese uno di loro.

Tutti iniziarono a pensare, a scrutare il territorio nella speranza di trovare un modo per attraversare in modo sicuro il lago. A Philip venne un'idea brillante. Allora disse: "Posso prendere quei rami alti, li posso tirare a me in modo che Flash possa attaccarsi, lasciando il ramo Flash verrebbe catapultato dall'altra parte e... "

Non fece in tempo a finire la frase che nella mente di Flash, tutto apparve molto velocemente e rispose immediatamente: "Ma in questo modo solo io attraverserei. E come faranno tutti gli altri ad attraversare?".

Il fratello di Philip sorrise "Ahahah, hai ragione Flash, Ma sei troppo veloce in tutti i sensi! Non lasci neanche finire di parlare!" indicando una leva dall'altra parte del lago.

Il brachiosauro disse: "Vedi quella leva? Ci sarà sicuramente qualcosa che farà attraversare anche noi. Fidati dei tuoi amici e saremo in grado di attraversare".

Flash fu d'accordo, così il piano fu messo in moto. Philip afferrò i rami allungando il suo lungo collo e lanciò Flash sull'altra sponda che arrivò in un attimo. Quando abbassò la leva, un ponte uscì dagli alberi, permettendo agli altri dinosauri di attraversarlo.

Continuarono la loro avventura e si trovarono di fronte alla sfida successiva, ancora più pericolosa della precedente. Questa volta dovevano passare attraverso la stanza della liana. Iniziarono a scrutare il passaggio migliore, guardando attentamente si poteva notare un'altra leva dall'altra parte della stanza. Si voltò verso i suoi amici e disse: "Questa volta tocca a Flapy andare. Devi attraversare con attenzione, aggrappandoti bene alle liane, e quando raggiungi l'altro lato, puoi tirare la leva per noi, d'accordo?".

Senza fare domande, Flapy annuì, attraversò attentamente la stanza e tirò la leva. Il quel momento un forte CLACK rimbombò per la stanza, il pavimento si alzò, le liane si strinsero creando un incredibile percorso e passaggio sicuro per tutti.

Philip disse: "Forte! Grazie, ragazzi, siete i migliori".

Continuarono a camminare e avanzando si ritrovarono in una grotta che diventava sempre più buia. Attenzione, guardando bene, alla fine della grotta, una luce cominciò a brillare e Philip urlò: "La porta per il cuore della giungla è laggiù!"

Il fratello di Philip vide una pietra lucida sopra la porta, ma l'unico modo per arrivarci era con l'aiuto di Sun. Anche il dinosauro dal collo lungo salì sulla schiena di Philip, e con l'aiuto della sua testa, riuscì a tirar fuori la chiave.

Il brachiosauro disse: "Rex può aiutarci ad aprire la porta con le sue manine". Così Rex aprì con cura la porta del tesoro rivelando il bellissimo cuore della giungla.

Grazie all'aiuto e alla fiducia reciproca gli amici furano in grado di superare tutti gli ostacoli e raggiungere il loro obbiettivo finale. Il cuore della giungla si apriva davanti a loro ma fu proprio in quel momento che capirono che il cuore più importante era quello che li univa nella loro fantastica amicizia.

Parasaurolophus

Dinosauro erbivoro, appartenente alla famiglia degli adrosauridi, visse nel Cretaceo superiore, circa 80 - 66 milioni di anni fa in Alberta (Canada) e negli USA. Aveva una lunghezza di circa 1o m e un peso di circa 2 - 3 tonnellate. Mangiava piante, frutta e foglie.

Gli arti anteriori del Parasaurolophus erano abbastanza forti per sostenere il peso dell'animale, che procedeva come un quadrupede, e altrettanto forti per essere usati quando nuotava o guadava le acque. Quando si nutriva a terra, il parasaurolophus si sosteneva su tutte e quattro le zampe. Per identificare il pericolo in tempo, si affidava ai suoi sensi, che erano molto acuti. Se minacciato, correva sulle zampe posteriori con la coda estesa per bilanciare la parte anteriore del corpo. Quando si nutriva delle foglie degli alberi si alzava sui suoi potenti arti posteriori.

Nel suo cranio aveva file di denti sovrapposti in grado di macinare ramoscelli e frutta, riducendoli ad una polpa vegetale. Quando i denti inferiori si fondevano con quelli superiori, i muscoli della guancia schiacciavano i denti l'uno sull'altro in uno speciale meccanismo di masticazione. La coda del parasaurolophus era capace di movimenti laterali, e agiva come una pinna. Era uno dei sistemi di difesa più validi per l'animale, che non ne aveva molti. Il Parasaurolophus era infatti in grado di nuotare in acque profonde, salvandosi così dagli avversari.

Alcuni esperti pensano che la cresta fosse usata come mezzo di respirazione durante il nuoto, cioè una specie di boccaglio, ma non ha buchi. Qualcun altro pensa che fosse usata per migliorare il senso dell'olfatto, una specie di serbatoio d'aria. Altri ancora pensavano che fosse una struttura per aprire un passaggio tra il groviglio vegetale di fronde e foglie.

Ma c'è una spiegazione più semplice, cioè che potesse essere una caratteristica tipica della specie, come lo sono le corna delle antilopi, e quindi anche una sorta di riconoscimento sessuale ma anche per riconoscere gli esemplari giovani e adulti, i fossili del cranio infatti mostrano che i maschi adulti avevano una cresta più grande rispetto alle femmine e agli esemplari più giovani del branco. Ma un'altra teoria afferma che questa struttura serviva per emettere suoni, grida, vocalizzazioni o richiami; infatti al suo interno si presenta come una sorta di tubo piegato. Grazie ad accurate ricostruzioni basate sulla sua anatomia, è stato possibile riprodurre il suo suono che appare grave e profondo. È possibile che anche altre specie con strutture simili fossero in grado di produrre suoni simili.

Lo stagno in piena estate

Nell'est della giungla viveva un parasaurolophus. Era un dinosauro che amava prendersi cura della natura; piantava fiori e si assicurava che anche gli altri dinosauri si prendessero cura della foresta. Il suo nome era Molly. Aveva degli occhi bellissimi, un'intelligenza acuta e un grande senso dell'orientamento che la aiutava a muoversi con facilità anche in posti inesplorati.

Un giorno, mentre Molly stava innaffiando i fiori del suo giardino, un branco di piccoli dinosauri le passò molto vicino.

"Ehi, attenti! Se calpestate i fiori ci vorrebbero molte settimane per farli ricrescere!".

Gli ultimi dinosauri della fila annuirono e si scusarono "Scusi signora Molly. Volevamo solo sapere se sapevate del nuovo stagno nella giungla".

Sorpresa da quello che sentì, il parasaurolophus accettò le scuse ma chiese: "Un nuovo stagno?"

Il piccolo dinosauro rispose: "Sì, dovrebbe venire con noi, così nostra madre non si preoccuperebbe se ci allontaniamo dal branco".

Molly accettò l'invito, appese il grembiule dietro la porta di casa e uscì. I piccoli la stavano aspettando eccitati.

"Dov'è esattamente quello stagno?" Uno dei dinosauri le prese la mano e la guidò portandola nei pressi del nuovo laghetto. In lontananza si potevano sentire le voci del branco. Molly spinse attentamente da parte i cespugli che non le permettevano di vedere la strada, e con sua sorpresa, un nuovo stagno apparve in mezzo alla giungla davanti a lei.

"Cos'è questo?" Chiese.

Un triceratopo si avvicinò a Molly e disse: "Caro parasaurolophus, che sorpresa! Pensavo che il guardiano della natura non ci avrebbe mai fatto visita".

Molly gli chiese: "Salve mio caro, come sta? Ma com'è apparso qui questo laghetto?".

Sorpreso dalla domanda il triceratopo rispose nervosamente: "Questo era il desiderio di madre natura! Che tutti i dinosauri potessero avere un posto rilassante per abbeverarsi e fare il bagno nella giungla, non ti piace?"

Ma non potendo negare la bellezza del luogo, annuì pensierosa. Molly non era sicura che quello stagno fosse opera della natura, così decise di indagare.

Mentre camminava poteva sentire la ruvidità del terreno, così raccolse un po' di terriccio e lo nascose tra i piedi. Poi, sorridendo, si avvicinò al bordo dello stagno e, con sua sorpresa, notò che le rocce non avevano nemmeno un po' di alghe.

"Questo è strano", pensò Molly.

Strofinandosi la testa, sapeva che qualcosa non andava finché un rivolo d'acqua non attirò la sua attenzione.

"Cos'è quello? Si chiese.

Percorse un sentiero camminando fino a raggiungerne la fine, e con sua sorpresa, l'acqua scendeva nel grande fiume che passava in mezzo alla giungla. Delusa dal fatto che non sapeva perché il suo istinto le diceva che tutto era sbagliato, si voltò e si allontanò.

Il giorno dopo, Molly stava decorando il suo giardino, quando sentì alcune piccole mosche parlare tra loro.

Una di loro disse: "Il fiume sta diventando sempre più alto, hai visto anche tu?".

L'altra rispose: "Ehi amico, ricordati che siamo in piena estate, forse è la natura vuole così, per farci fare più bagni".

L'istinto di Molly si fece di nuovo sentire, qualcosa le suonava strano, così si avvicinò alle mosche e, senza spaventarle, chiese dolcemente: "Salve piccoline, sapete dirmi da quando il fiume si sta innalzando?"

Le mosche si voltarono, videro il mastodontico parasaurolophus, e risposero, un pò spaventate: "Da quando... quel triceratopo ha aperto il suo stagno".

"Alcuni insetti dicono che ha tagliato il ghiaccio dai poli per trasportarlo al centro della giungla per ottenere più bacche rosse e fare dei bagni con l'acqua fresca", disse uno di loro.

Ascoltando quello che dicevano le mosche, Molly cominciò a diventare rossa, in modo che tutti quelli che le passavano accanto potessero vedere quanto fosse sconvolta. Quando le mosche notarono l'incredibile colore rosso, volarono via immediatamente spaventate.

Uno pterodattilo, di nome Felix, che stava volteggiando vicino ai giardini, vide il colore intenso di Molly, così plano dolcemente.

"Cosa ti succede cara Molly?" Le chiese.

Lei rispose: "Credo qualcuno in questa giungla stia cercando di affogarci!".

"Ma cosa stai dicendo? In che senso?" Chiese ancora lui.

Molly respirò profondamente per cercare di calmarsi, dopo qualche minuto tornò al suo solito colore. Non era però del tutto rilassata, sia avvicinò al suo amico e gli chiese: "Hai viaggiato fino ai poli in questi ultimi giorni? La dove la foresta incontra i ghiacci? Hai visto qualcosa di strao? Su dimmi!"

Lo pterodattilo, preso un po' alla sprovvista dall'insistenza dell'amica, iniziò a rispondergli balbettando: "Sì, emh, mi sembrava tutto normale! Si, però forse…."

Molly lo pressava "Su forza dimmi, raccontami, veloce!"

"Si, adesso che ci penso ho visto il triceratopo, passava il suo tempo a giocare con i ghiacciai".

Molly lanciò uno sguardo furioso allo pterodattilo che chiese: "Ma perché? Sta facendo qualcosa di sbagliato? È sempre così sorridente che pensavo gli piacesse il freddo".

Molly non fece caso al suo amico e corse verso il fiume che attraversava la giungla, dietro di lei c'era lo pterodattilo. Raggiunto il fiume, notò che molte delle creature che erano solite passare il loro tempo in quel luogo ora non c'erano, il fiume era quasi vuoto.

Molly disse: "Dobbiamo parlare con il triceratopo. Deve sapere che quello che fa per divertirsi è un male per gli altri".

Lo pterodattilo chiese: "Ok, ma dove possiamo trovarlo?".

Lei rispose: "Bobbiamo andare a cercarlo nel suo stagno".

I due dinosauri si arrampicarono su diverse colline e dopo aver eliminato i cespugli trovarono lo stagno. Molly si avvicinò con cautela a un dinosauro e chiese: "Mi scusi, ha visto il triceratopo?".

"Oh no, sono passate tre ore da quando è uscito a prendere qualcosa. Forse domani lo troverai qui intorno". Rispose la creatura.

Molly disse: "No, devo trovarlo subito. Devo parlargli per una cosa molto importante".

Il dinosauro la guardò e, notando la sua preoccupazione, la invitò ad allontanarsi dal gruppo. A bassa voce le disse: "Vedo nei tuoi occhi che è importante, puoi trovarlo al polo nord, dove ci sono le grandi montagne di ghiaccio. È andato in cerca di altro ghiaccio per lo stagno".

Molly annuì ringraziandolo e, insieme al suo amico, partirono alla volta delle grandi montagne. Quando arrivarono vicino alle montagne, Molly chiese a Felix di volteggiare alto nel cielo per cercare il triceratopo. Dopo qualche minuto lo vide e indicò la strada alla sua amica.

Arrivarono rapidamente vicino al dinosauro: "Ehi, Triceratopo!"

"Buongiorno cara Molly, che ci fai qui? ", disse il dinosauro.

Molly gli disse con tono imperativo: "Devi smettere di portare il ghiaccio al centro della giungla nel tuo stagno. Quando si scioglie l'acqua finisce nel fiume e sta salendo molto velocemente, se continui così e da un momento all'altro potremmo trovarci senza casa e allagati!".

Il triceratopo, sentendo le parole di Molly, si fermò e iniziò a guardare a valle. Da quella posizione si poteva vedere molto bene il fiume che passava in mezzo alle pianure e si vedeva chiaramente che era diventato molto più grande arrivando a bagnare posti che prima erano all'asciutto. Da lassù si potevano già vedere dei danni, qualche casa distrutta e alberi abbattuti.

Il triceratopo non si era reso conto del danno che stava causando alla natura, per il suo egoismo stava rovinando un delicato equilibrio. Si pentì del suo operato e promise a Molly che l'avrebbe aiutata a risolvere la situazione. D'ora in poi avrebbe pensato alle conseguenze delle sue azioni.

Ouranosaurus nigeriensis

Un dinosauro piuttosto noto, soprattutto per la sua "vela posteriore" che lo differenzia dalla maggior parte degli altri dinosauri simili.

L'ouranosaurus, vissuto verso la fine del Cretaceo inferiore nella regione attualmente occupata dal deserto del Niger, era un ornitopode appartenente agli iguanodonti.

L'ouranosaurus fu scoperto negli anni settanta durante una spedizione guidata da Giancarlo Ligabue e Philippe Taquet, e fu descritto nel 1976.

Questo prezioso scheletro di dinosauro, completo e in ottime condizioni, è ora esposto, insieme a numerosi altri reperti. durante la spedizione, all'interno del Museo Civico di Storia Naturale di Venezia.

Aveva spine neurali: estremamente allungate che raggiungevano, nella regione della schiena, un'altezza di 70 centimetri.

Si è quindi ipotizzata la presenza di una sorta di gobba sul dorso dell'animale, anche se è più probabile che ci fosse una sorta di "vela" sostenuta da queste strutture.

La vela diminuiva in altezza lungo la coda, ed era probabilmente utilizzata come scambiatore di calore. Altri dinosauri che vissero in quel periodo e negli stessi luoghi avevano una struttura simile (Spinosaurus, Suchomimus, Rebbachisaurus).

Il grande albergo del cretaceo

C'era una volta un Ouranosauro che passava il suo tempo viaggiando da un posto all'altro; amava vedere i tramonti nelle valli, contare le stelle e godersi l'aurora boreale quando percorreva i poli della terra, il suo nome era Ringo. Con il passare del tempo, il nostro Ringo non riusciva più viaggiare per il mondo; così, ebbe la grande idea di costruire un enorme e lussuoso hotel in mezzo alla giungla.

Un giorno, mentre era in riunione con i suoi amici dinosauri, disse loro: "Che ne dite di costruire un grande albergo per i dinosauri che non possono più viaggiare per il mondo?"

Gli pterodattili scoppiarono a ridere, e uno di loro disse: "Un hotel? Ma se sapete tutti che noi dinosauri passiamo il nostro tempo a viaggiare per il mondo. Non stiamo mai fermi, inoltre, dormire in un solo posto è un'idea inquietante".

Ringo scosse la testa e rispose: "È qui che vi sbagliate, la maggior parte di noi ha viaggiato per il mondo e conosce bene le meraviglie che possiamo vedere, ma se costruiamo un hotel possiamo mostrare loro tutto quello che non hanno ancora visto, che ne pensate ragazzi?"

I dinosauri intorno a lui ci pensarono per un momento, e alla fine, il tirannosauro disse a tutti: "Non ho potuto viaggiare per più di tre anni e mi piacerebbe vedere di nuovo l'aurora boreale ai poli della terra; mi sembra un'ottima idea costruire un hotel che abbia questo tipo di meraviglie".

In quel momento, gli altri dinosauri erano d'accordo e senza contraddire il tirannosauro dissero tutti: "È una grande idea costruire un hotel!"

Il felice Ringo si alzò, prese le sue cose e corse velocemente verso casa. Tirò fuori dal suo armadio un grande cesto di carta e matite, lo mise sul tavolo e cominciò a disegnare come sarebbe stato il grande albergo per dinosauri.

La maggior parte dei disegni erano ovali e molto colorati, ma tutti sembravano combaciare in qualche modo. Così, il Ouranosaurus accartocciò i fogli e li gettò dalla finiestra.

Ringo si disse: "Il posto deve essere speciale, non deve assomigliare a una qualsiasi montagna che i dinosauri possono vedere ovunque vogliano. Deve essere qualcosa di magico, unico e speciale".

Uno degli pterodattili era appollaiato alla finestra, si era messo a guardare Ringo che disegnava bellissime montagne poi, seccato, li buttava via.

Lo pterodattilo non capendo il motivo gli chiese: "Cosa stai facendo? Quei disegni delle montagne sono bellissimi"

Ringo rispose: "Sì, i disegni son belli ma l'hotel dei dinosauri non può essere come una montagna, è una cosa che vedono spesso, invece deve essere indimenticabile, unico e regalare emozioni ai suoi visitatori e ospiti".

Lo pterodattilo si avvicinò ai disegni, iniziò a scrutarli e chiese: "Hai fatto tu quel disegno fenomenale?"

Ringo si avvicinò alla finestra e dall'alto poté vedere una struttura incredibile. Quando guardò meglio notò che erano i suoi disegni a formarlo. In un secondo, tornò al tavolo, chiuse gli occhi e con attenzione iniziò a disegnare sul foglio quello che aveva visto prima. Quando finì, lo guardò attentamente, mostrandolo allo pterodattilo: "Cosa ne pensi".

Il dinosauro volante lo guardò con gli occhi spalancati come se non avesse mai visto prima una meraviglia di tale maestosità. "È bellissimo!" Gridò il dinosauro.

Ringo disse: "Ho pensato la stessa cosa quando me l'hai mostrato. Ora dobbiamo solo cercare i dinosauri che ci aiutino a costruirlo".

Velocemente Ringo prese il foglio e uscì nella valle alla ricerca di un branco di brachiosauri. Quando li trovò, disse: "Ciao, ragazzi!".

Uno di loro gli disse: "Ehi, Ringo! Abbiamo sentito che costruirai un hotel per dinosauri, hai tutto pronto?".

L' Ouranosaurus annuì sorridendo e rispose: "Sì, ma avrò bisogno dell'aiuto di tutti voi, potreste aiutarmi?"

I dinosauri dal collo lungo guardarono il piccolo amico e risposero subito: "Certo, ne saremo veramente felici!"

Il primo passo era stato compiuto, Ringo ringraziò e li condusse verso il luogo dove avrebbe costruito il suo grande sogno.

"Ragazzi, è da questa parte" iniziò a dare le istruzioni per la costruzione "Dovreste mettere quelle pietre qui e quei tronchi là....." poi, mostrando il suo disegno "Tutto deve essere messo nello stesso modo di questo bel disegno", disse.

I brachiosauri sorrisero quando videro il disegno che Ringo aveva in mano, ed eccitati cominciarono a costruire. Alcuni di loro presero alcune pietre e le appiattirono sul terreno. Un altro gruppo, con le loro grandi bocche, stavano posizionando i tronchi dove richiesto, e finalmente, dopo ore di lavoro, tutti finirono i loro compiti, ed apparve un incredibile hotel.

I dinosauri che erano nei dintorni si avvicinarono lentamente. "Ringo! È questo il tuo meraviglioso hotel?" Chiese uno di loro.

L' Ouranosaurus, nervoso per come avrebbero reagito i suoi amici disse: "Sì, cosa ne pensate ragazzi? È un po' esagerato per noi?".

Il tirannosauro si fece strada tra la folla e urlò: "È incredibile! Voglio vedere tutte le attività che avete preparato per stasera".

Ringo ringraziò tutti per averlo aiutato nella costruzione, ma chiese a tutti di tornare al calar della sera, così li avrebbe fatti entrare quando finalmente avrebbe aperto le porte al pubblico.

Il sole calò lentamente e tutti i dinosauri della giungla non vedevano l'ora di poter vedere il grande sogno di Ringo realizzato. Finalmente era giunto il momento, Ringo si mise un bel vestito blu e si mise posizionò davanti alla porta dell'albergo dicendo: "Benvenuti tutti nel grande hotel Cretaceo, il posto dove tutti possono conoscere il mondo senza dover lasciare la propria casa! Prego entrate, andate avanti e godetevelo fino in fondo".

Sentendo questo, tutti i dinosauri intorno a lui gridarono con eccitazione, congratulandosi con lui per il suo grande successo. Ringo aprì la porta e li fece entrare. Davanti a loro si apriva uno spettacolo incredibile, dal lucernaio entrava la luce della luna, e una serie di specchi illuminava tutto alla perfezione. C'erano varie sale e ognuna mostrava una meraviglia del pianeta terra. In uno showroom si poteva vedere l'aurora boreale, in un'altra sala un bel vulcano, in un'altra sala delle belle spiagge. Insomma tutte le meraviglie del mondo potevano essere viste senza spostarsi. In fondo alla sala c'era anche una bella piscina per rilassarsi.

Uno dei suoi amici disse: "Questo posto è fantastico".

"Ottima idea, Ringo! Congratulazioni!", disse un altro.

Ringo si sentì felice perché aveva realizzato il suo sogno, e non si sarebbe più sentito triste per non poter viaggiare. Da quel momento, tutti i dinosauri del mondo vollero visitare il posto speciale di Ringo, il grande hotel del Cretaceo, nato per tutti i dinosauri che non potevano più viaggiare.

Gasosaurus constructus

Dinosauro carnivoro di medie dimensioni che visse in Cina nel Giurassico medio.

Questo dinosauro, lungo circa 4 metri, aveva una grande testa armata di denti affilati, un collo corto, potenti zampe posteriori e zampe anteriori corte ma forti. Potrebbe essere stato un rappresentante primitivo dell'Avetheropoda, un gruppo di teropodi evoluti con caratteri simili a quelli degli uccelli.

Il gasosauro probabilmente cacciava grandi prede in piccoli gruppi come i giovani sauropodi e gli stegosauri primitivi.

Gasosaurus

Il grande gioco dei dinosauri

Molti milioni di anni fa, nel profondo della giungla, viveva un gasosauro di nome Tango. Amava giocare a basket con gli altri dinosauri e sedersi nel prato a guardare il tramonto.

Un giorno, mentre stava facendo un delizioso bagno nel grande fiume, un velociraptor apparve tra le rocce delle cascate. Vedendolo, notò che il dinosauro stava urlando molto forte, anche se non poteva sentirlo a causa del grande rumore delle cascate accanto a lui.

"Non riesco a sentirti, amico! Vieni un po' più vicino, così possiamo parlare", disse gli urlò Tango.

Anche il velociraptor non riusciva a sentirlo, così da un momento all'altro scomparve tra gli alberi accanto alle rocce così velocemente che sorprese Tango. Disse: "Che strano è scomparso, quel velociraptor sembrava molto preoccupato".

Lasciando il fiume, prese i suoi vestiti e si incamminò sui sentieri della giungla. Dopo qualche minuto un urlo attirò la sua attenzione, facendolo fermare completamente.

"Aspettate! Gasosauro! Fermati!" Disse il velociraptor.

Lentamente, Tango si girò verso il luogo da cui proveniva la voce sconosciuta, finché i suoi occhi poterono vedere il velociraptor correre verso di lui come se stesse fuggendo da qualche pericolo.

Agitato e a coro di fiato, il velociraptor mise una delle mani su un albero e l'altra sul petto, cercando di prendere un po' d'aria fresca. Nel vederlo Tango gli chiese: "Aspetta! Non sei tu il dinosauro che mi ha urlato dalle rocce della cascata?" Il velociraptor annuì senza riuscire a dire una sola parola.

"Ma quanto corri! Sei veramente velocissimo, io ci avrei messo tutto il pomeriggio per scendere da quella collina di rocce".

Sorridendo, il velociraptor disse: "Sono settimane che ti cerco".

Tango sorpreso chiese: "Cercando me?"

Il velociraptor rispose: "Sì! Non sei il gasosauro che gioca a basket?"

Tango annuì con orgoglio per quello che il veloce dinosauro gli aveva detto e, notando il grande silenzio tra i due, chiese: "Perché un dinosauro veloce come te mi sta cercando?"

"Nelle terre settentrionali della giungla, un gruppo di dinosauri si è impadronito del santuario. Ci hanno portato via le nostre case e non possiamo dormire nei nostri comodi letti per colpa loro". Tango era ancora più confuso e gli chiese di nuovo: "E cosa ha a che fare con me? Io vivo nella parte sud della giungla, e qui tutto è meraviglioso".

"Il problema è che siamo stati buttati via dal nostro santuario quel gruppo di pericolosi dinosauri vuole giocare a basket, e l'unico modo per farli uscire da casa nostra è vincere una partita contro di loro", gli rispose

Il gasosauro annuì e disse: "Allora vi auguro buona fortuna, e spero che possiate battere quei dinosauri malvagi".

"No! Tu non stai capendo. Abbiamo bisogno di te, per aiutarci a vincere". Sorpreso di sentire il velociraptor, Tango lo e disse: "Ma io non posso aiutarvi ragazzi, non ho una squadra. Gioco solo con i pochi dinosauri miei amici e non c'è nessun altro nella giungla che ha giocato a basket".

Il velociraptor scosse la testa e disse: "Ti sbagli. Noi abbiamo una piccola squadra che vuole giocare, ma ci manca un giocatore ed è per questo che sono venuto per te. Potresti aiutarci?"

"Allora chiamami Tango, e se dici di avere una squadra, allora posso aiutarvi".

"Bene, io sono Margo, quindi andiamo", disse il velociraptor.

Entrambi entrarono nella giungla e si diressero a nord dove si il resto della squadra. Mentre camminavano tra gli alberi, Margo era un po' nervosa, finché finalmente riuscì a parlare e disse: "Devo dirti una cosa prima del nostro arrivo".

"Cosa c'è che non va Margo? Saremo solo io e te a giocare?" Chiese Tango al suo nuovo amico.

Sorridendo e visibilmente spaventato Margo scosse la testa e disse: "No, ma la maggior parte dei giocatori della mia squadra non sa giocare! Hanno tutta la voglia e l'energia per imparare però".

Tango si fermò come se le parole che Margo gli aveva detto si stessero ancora ripetendo lentamente nella sua testa. Il velociraptor spostò i cespugli di fronte a lui, e un bellissimo santuario di pietre turchesi apparve alla vista.

Margo disse: "Questa è la mia casa. Seguimi, andremo a cercare i dinosauri della squadra del nord".

I piedi di Tango si muovevano automaticamente, nella sua testa poteva ancora sentire la voce di Margo che diceva che nessuno sapeva giocare a basket. Dopo diversi minuti di cammino, un gruppo di dinosauri notarono tra gli alberi, "Ragazzi! Vi presento il nostro nuovo compagno! Tango il miglior giocatore di basket della foresta del sud".

I dinosauri eccitati applaudirono con emozione e Tango alzò la mano in segno di saluto poi disse: "Quindi voi siete i dinosauri che non sanno giocare a basket eh?"

Un po' tristemente, acconsentirono, mostrando la loro preoccupazione.

"Non preoccupatevi, Margo mi ha detto tutto quello che è successo al vostro santuario. La partita sarà un successo, e voi ragazzi potrete riconquistare la vostra casa", disse cercando di incoraggiarli.

I dinosauri saltarono dall'eccitazione e, dopo essersi presentati a Tango, iniziarono subito ad allenarsi duramente. Tango era il migliore, aveva la velocità, l'intelligenza e la forza necessarie per vincere qualsiasi partita di basket, e stava insegnando agli altri ad essere come lui.

"Molto bene, ragazzi! Vedo che vi state impegnando veramente tanto e sono felice di dirvi che state visibilmente migliorando! Sono sicuro che possiamo vincere questa partita!" Tango disse con orgoglio della sua nuova squadra.

Alla fine di una settimana di allenamento, arrivò il grande giorno della partita. Tutti i dinosauri della foresta arrivarono al santuario per assistere alla partita. La squadra avversaria fece la sua comparsa, erano grosso e sembravano dei brutti ceffi. L'arbitro fischiò, la palla apparve sul campo e la partita ebbe inizio. Gli amici di Tango stavano giocando molto bene, la partita era sempre stata quasi in parità ma all'ultimo minuto, la squadra avversaria segnò alcuni canestri portandoli in vantaggio.

Margo, preoccupato per la sua casa, chiese al suo amico: "Pensi che riusciremo a raggiungerli? Mancano solo pochi minuti!".

Tango gli rispose infondendogli coraggio: "Non preoccuparti, questo santuario tornerà tuo".

All'ultimo minuto, Tango, aveva la palla in mano, fece uno scatto seguito da salto incredibile segnando l'ultimo punto, e portando in vantaggio la sua squadra. Il fischio dell'arbitro pose termine alla partita decretando la vittoria alla squadra di casa. Gli spalti erano in delirio, tutti urlavano e incoraggiavano i loro amici e compagni. Tutta la squadra si radunò intorno a Tango e lo issarono facendolo saltare sempre più in alto. La giustizia aveva fatto il suo corso, con la prepotenza non si ottiene mai nulla di duraturo, alla fine i buoni vincono sempre. I perdenti dovettero lasciare il santuario con la coda tra le gambe tra i fischi di tutta la gente mentre i dinosauri del nord tornarono alle loro case, grazie a Tango, l'incredibile gasosauro che giocava a basket.

Corythosaurus casuarius

Prende il nome dal corinzio, un tipo di elmo greco, e dal casuario, un uccello con una cresta.

corythosaurus

Lungo fino a 10 metri, pascolava tra le conifere e gli arbusti del Cretaceo superiore.

Visse circa 75 milioni di anni fa, nel Cretaceo superiore, in Canada.

Non era armato con armature, punte o artigli affilati e si affidava alla sua eccellente vista e al suo buon udito per evitare il pericolo.

Il coritosauro spaventava nemici e avversari con l'esibizione dell'imponente cresta ed emettendo una grande varietà di suoni forti, grazie alla cresta alta e stretta.

Infatti, nel cranio di questo dinosauro le canne nasali correvano dalle narici alla parte posteriore della gola, passando attraverso l'ampia cresta.

Le creste non erano tutte uguali e questo significa che oltre ad avere un aspetto diverso l'una dall'altra dovevano anche emettere suoni diversi.

La dimensione della cresta variava: un giovane chorytosaurus probabilmente non aveva una cresta o al massimo aveva una piccola protuberanza tra gli occhi.

Si pensa che questo dinosauro fosse in grado di nuotare e potesse tuffarsi nelle acque di un fiume o di un lago evitando i predatori incapaci di nuotare.

Il coritosarus aveva un gran numero di denti molto vicini tra loro, formando una superficie simile a una grattugia e se perdeva un dente ne cresceva immediatamente uno nuovo al suo posto.

Pertanto erano in grado di masticare anche le piante più dure che raggiungeva con il suo muso lungo e stretto, strappando i germogli con il suo becco corneo affilato con estrema facilità. Si nutriva di foglie, ramoscelli, radici, pigne e semi più duri.

Il gioco sorprendente

Eddy era un Corythosaurus sognatore. Amava giocare a calcio con i suoi amici ogni pomeriggio. Molte volte veniva preso in giro da alcuni, perché aveva una vistosa cresta rossa sulla testa.

Un giorno, mentre correva nella giungla, Kevin uno dei suoi amici gli si avvicinò.

"Ciao, Eddy! Che sorpresa trovarti qui".

"Ciao, Kevin, vengo sempre a correre da questa parte".

"Grande, forse uno di questi giorni mi unirò a te... ho visto che ti piace giocare a calcio, quindi sarai impegnato domani?".

"Sì, mi piace giocare. Beh, penso di non fare niente, a parte correre nella giungla".

"Vuoi far parte della squadra di calcio della giungla?"

Eddy sorpreso dalla domanda, cominciò a guardarsi intorno nervosamente e senza rendersi conto delle parole che gli uscivano dalla bocca disse: "Io? Sei sicuro? Potrebbero arrabbiarsi se vedessero un Corythosaurus giocare nella squadra di calcio"

Kevin lo guardò confuso come se non fosse serio e scoppiò a ridere.

"Niente affatto, tutta la squadra sarà felice di averti.Sappiamo che sei uno dei migliori. Inoltre, ci manca un giocatore e tu sei l'unico che può aiutarci a vincere".

Il volto di Eddy cambiò completamente, e un sorriso apparve sulle sue labbra. Così, accettò felicemente l'invito e Kevin, senza dire altro, lo salutò

"Allora ci vediamo sul campo da calcio!".

Il giorno dopo Eddy era su di giri e molto felice, non vedeva l'ora di andare a giocare, indossò la sua uniforme migliore e si diresse verso il campo. Arrivato, venne accolto dagli altri dinosauri con gioia.

"Ciao! Sei pronto per giocare e vincere?"

Anche se Eddy era entusiasta di far parte della squadra, era molto emozionato e aveva i nervi a fior di pelle per paura di fare una brutta figura. Prese posto sulla panchina accanto a Kevin e cominciarono a guardare gli altri giocare. Dopo qualche minuto l'allenatore suonò il fischietto chiamando Eddy e Kevin ad entrare in gioco. Il dinosauro gli indicò alcune tattiche di gioco e fece riprendere la partita. Mentre i minuti di gioco procedevano, entrambi cercarono di segnare più gol possibili alla squadra avversaria. Tutti dai loro posti festeggiavano.

"Gol! Eccellente Eddy!" esultavano dal pubblico

Tutti erano eccitati, e dalle panchine non lo perdevano di vista con quella cresta rossa che andava da una parte all'altra. Eddy e Kevin insieme erano incredibili.

Alla fine dell'allenamento, la maggioranza dei compagni di squadra iniziarono a congratularsi con Eddy.

"Molto bene, Eddy!"

Tutti tranne Aaron, che si rifiutò di congratularsi con lui e si limitò a ripetere urlando: "Non sa giocare! Tutto viene fatto da Kevin".

Ma Eddy, felice ed entusiasta, non prestò attenzione alle sue parole.

Il giorno dopo, Eddy andò a correre come ogni giorno, ma quando arrivò all'inizio del sentiero molti dinosauri lo stavano aspettando. Lo guardavano tutti in modo strano, alcuni borbottavano e altri scuotevano la testa. Eddy non capiva cosa stesse succedendo, così continuò il suo cammino, e con sua sorpresa, Kevin apparve e gli disse: "Mi dispiace Eddy. Non pensavo che Aaron potesse chiamare una sfida di calcio".

Eddy ancora senza capire chiese: "Una cosa?".

"Chiama una sfida di calcio. Chi perde lascia la squadra. Devi partecipare all'allenamento di oggi o perderai".

"Non devo partecipare a questo tipo di sfide. Non devo dimostrare niente a nessuno".

Il dinosauro senza insistere lasciò andare Eddy. Ma in fondo, pregava che il suo amico potesse partecipare.

I giorni passarono lentamente. Eddy non usciva più ad esplorare la giungla; passava solo il tempo a nascondersi da qualsiasi dinosauro gli si avvicinasse. Un pomeriggio sua madre, vedendolo tra le liane degli alberi, si preoccupò e gli disse: "Tesoro, cosa fai qui nascosto?"

Non avendo voglia di uscire, rispose dal suo posto.

"Un dinosauro vuole che giochi a calcio contro di lui, e chi perde non giocherà più in squadra. Io non lo voglio".

La madre, ascoltandolo, si avvicinò ancora di più e gli disse: "Qualsiasi cosa tu decida va bene, tesoro. Solo che l'Eddy che conosco è un dinosauro coraggioso e non lascia che gli altri rovinino i suoi sogni. Se vuoi giocare nella squadra di calcio, dovresti andare a giocare quella partita contro quel dinosauro e mostrargli chi è l'incredibile Eddy".

Sorpreso dall'operato di sua madre, uscì da nascondiglio di liane, abbracciando sua madre. "Lo farò, mamma, grazie".

Il giorno dopo, la luce del sole svegliò Eddy tra gli alberi e, senza esitare, uscì per fare un bagno nel fiume. Dopo alcune ore di allenamento nella giungla, la madre lo osservò da lontano e gli disse avvicinandosi: "Vedo che il coraggioso dinosauro è tornato".

"Sì, madre! Non permetterò a nessuno di portarmi via i miei sogni".

La madre preparò un cesto di frutti rossi e andò all'allenamento di calcio.

Quando arrivarono, tutti guardarono Eddy e sua madre in silenzio, ma Aaron gli si avvicinò e disse: "Devi affrontarmi per poter giocare nella squadra, devi battermi sul campo, è per questo che sei venuto?"

Eddy sospirò e rispose: "Anche se non devo dimostrarti nulla, voglio far parte della squadra di calcio dei dinosauri, e se questo è l'unico modo per farlo, allora sì".

Entrambi si misero in posizione, e l'allenatore lanciò la palla in aria per far iniziare la partita, il primo che segnava 10 gol avrebbe vinto.

Dopo alcuni minuti, Eddy aveva già segnato nove gol mentre Aaron ne aveva segnati solamente sette. Non volendo perdere usò uno dei suoi sporchi trucchi per far cadere a terra Eddy. Quest'ultimo, riuscendo a capire le sue intenzioni, fece un movimento di protezione facendo cadere entrambi a terra.

Infastidito Aaron cercò di colpirlo, ma Eddy si rialzò rapidamente e segnò il gol della vittoria. Aaron si sentì così triste dopo aver perso che stava per lasciare il campo, ma in quel momento Eddy lo prese per una mano e disse ad alta voce: "Nessuno deve lasciare la squadra! Il calcio serve per divertirsi".

Da quel momento Aaron capì che non doveva più essere invidioso dei suoi amici, tutti avrebbero potuto giocare insieme e come squadra, divertendosi e vincendo contro gli avversari e contro le nostre brutte emozioni.

Tyrannosaurus Rex   T-REX

Dinosauro vissuto nel Cretaceo superiore, Maastrichtiano, tra 70 e 65 milioni di anni fa in America del Nord.

Tyrannosaurus rex

I tirannosauri erano dinosauri carnivori bipedi appartenenti all'ordine dei sauri.

Gli esemplari più grandi potevano raggiungere i 13 metri di lunghezza e un peso di circa 6 tonnellate.

Stava in piedi mantenendo il corpo approssimativamente parallelo al terreno, bilanciando il peso della testa con la coda.

La testa era massiccia, lunga fino a un metro e mezzo.

La zona posteriore del cranio era molto allargata, mentre il muso si restringeva in corrispondenza delle narici.

Di conseguenza, gli occhi erano in grado di avere un eccellente campo visivo nella regione anteriore e anteriore / inferiore, fornendo all'animale un'eccezionale visione stereoscopica.

La bocca del T. rex aveva 30 denti nell'arcata superiore e 28 in quella inferiore, lunghi da 10 a 30 cm con un bordo finemente seghettato.

I suoi denti venivano costantemente sostituiti durante tutta la sua vita.

Gli arti anteriori erano lunghi circa un metro ed erano dotati di due dita prensili con forti artigli.

Gli arti posteriori erano lunghi e potenti. Terminavano con un piede con tre dita, dotato di forti artigli, più uno sperone vestigiale situato nel terzo inferiore della fibula.

Le ossa hanno una struttura spugnosa, simile a quella degli uccelli, che rendeva gli arti più leggeri. Il femore era lungo quasi quanto la tibia.

Il mistero di Alex

Alex viveva nella parte più densa della giungla, dove gli alberi erano più grandi degli altri. La sua pelle era verde e, sulla schiena, aveva alcune squame gialle. Alex era un Tyrannosaurus rex molto scontroso e non gli piaceva avere amici.

Un giorno, mentre stava costeggiando il fiume più lungo della giungla in cerca di acqua e cibo, si fermò sulla riva. Tutto era completamente silenzioso, sapeva che nessuno poteva o voleva disturbarlo. Tuttavia, qualcosa di morbido toccò uno dei suoi arti.

Percependolo, Alex girò lo sguardo e, con sua sorpresa, vide solo una piccola piuma rosa. Senza farci caso, continuò con quello che stava facendo, ma, ancora una volta, sentì qualcosa di morbido sulla sua pelle.

"Chi è? Non sai chi sono?" disse in tono seccato

Il silenzio era ancora presente nel luogo, nessuno aveva risposta alla sua domanda. Così il grosso dinosauro si girò per tornare a casa. In quel momento un uccello con lunghi arti e piume colorate apparve sul suo cammino. "Chi sei?" chiese

Alex rimase stupito dalla domanda, tutti nella giungla sapevano quanto fosse temibile un Tyrannosaurus Rex, e per lo più scontroso come lui. Curioso, e non avendo ricevuto risposta, l'uccello parlò di nuovo: "Mi scuso se ti ho spaventato. Io sono Dudu, e tu come ti chiami?".

Alex gli passò accanto senza guardarlo, ma Dudu gli si avvicinò rapidamente.

"Scusami, sto parlando con te".

Il dinosauro, che era decine di volte più grande dell'uccello, rispose imbronciato e beffeggiandosi del piccoletto: "Mi scusi, ahahha".

"No, no. Ti ho chiesto come ti chiami. Ti ho già detto che sono Dudu, ma tu non mi hai detto il tuo nome".

"Perché lo vuoi sapere?"

L'uccello pensò per qualche secondo come se cercasse di indovinare a cosa stesse pensando Alex.

"Per sapere il nome del mio nuovo amico".

"Non sono tuo amico. Io non ho amici".

Dudu scoppiò a ridere e notò che Alex aveva ancora l'aria seria. Lo seguì in silenzio finché non disse: "Beh, dovresti, così non sarai amareggiato".

Proprio allora il tirannosauro si voltò verso l'uccello e ringhiò così forte che le sue piume si arruffarono.

"Wow! I miei amici dall'altra parte della giungla saranno felici di conoscerti. Solo una cosa, ti consiglio di spazzolare quelle zanne. Sono un po' gialle".

Alex lo guardò infastidito, poi si voltò e guardò il suo riflesso in una piccola pozzanghera. Le parole di Dudu lo avevano colpito, aveva proprio i denti gialli.

"Non mi piace spazzolare e non mi piace conoscere i tuoi amici. Smettila di infastidirmi. Non hai qualcun altro da disturbare?".

"Certo, ma... È solo che non mi hai permesso di dirtelo. Stavo volando attraverso la giungla e credo di essermi perso. Potresti aiutarmi a rimettermi in pista?".

Senza riuscire a finire la frase Alex rispose: "No".

"Non mi hai lasciato finire".

"No."

"Non sai dove voglio andare".

"Ti ho detto di no".

Dudu, sentendo la parola no così tante volte, si fermò sulla strada. Alex da parte sua continuò a camminare per raggiungere casa.

"Finalmente un po' di calma" pensò. Entrando si sedette sul suo lato preferito della grotta, si rilassò e lasciò che gli occhi si chiudessero pian piano. Ma il rumore di un ramo lo fece sussultare riaprendo gli occhi all'improvviso. Le piume di Dudu attirarono subito la sua attenzione e poté solo dire: "Oh no, di nuovo l'arcobaleno".

Come avrebbe voluto nascondersi, Dudu si spostò e ringraziò: "Grazie per il complimento! Nessuno me l'aveva mai detto".

"Davvero? Se hai tutti i colori..."

Alex non sapeva perché continuasse a parlare con l'uccello, così gli disse: "Se sei venuto a convincermi ad aiutarti, la risposta è sempre no. Non ho amici, e non mi piacerebbe averne".

Dudu confuso disse: "L'hai già detto, ma perché no? Avere amici è la cosa migliore e più bella del mondo".

Alex lo guardò infastidito e dopo aver fatto un respiro profondo rispose: "Perché io non piaccio a loro. Lo sai, quindi per favore vai a casa".

"Hai incontrato tutte le creature della giungla?".

"Sì, ora vai, per favore".

L'uccello, incapace di crederci, gli disse: "Come sarebbe possibile? Io non ti avevo mai visto e già mi piaci. Sicuramente avrai molte avventure da raccontarmi".

Alex pensieroso, come se esitasse a parlare, si alzò in piedi, camminando dappertutto, e finalmente disse: "La verità è che sì, ho viaggiato per tutta la giungla, ma ogni volta che i dinosauri mi vedono di solito corrono a nascondersi. Dopo molto tempo, mi sono abituato e da allora non ho più cercato di fare amicizia".

Sorpreso da quello che stava sentendo, Dudu annuì e disse: "Non è un problema".

"Di cosa stai parlando?"

"È quello che sto cercando di dirti da quando ti ho trovato al lago. Faranno una festa nella valle e tutti gli animali ci andranno".

Prima che Alex potesse rifiutare, Dudu continuò.

"Non aver paura. Sono sicuro che gli piacerai tanto quanto piaci a me".

Il tirannosauro ci pensò e poi annuì.

"Fare festa alla luce della sera con i miei amici è un vero piacere..." disse

Poi si incamminarono, addentrandosi nel cuore della giungla. Continuando a camminare per raggiungere la festa Dudu non smise mai di cantare, rallegrando la giornata. In questo strano viaggio Alex si rese conto che il suo atteggiamento stava cambiando, dava attenzione a cose che di solito non sentiva, si fermava a contemplare i colori dei fiori, a sentire i rumori del fiume, della natura e di tutti gli animali del bosco.

Dopo qualche ora di viaggio, la musica selvaggia cominciò sentirsi, mentre si avvicinavano si faceva sempre più forte fino ad inondare il posto, facendo accelerare il passo ai due amici.

"Aspetta!" disse Alex

"Siamo arrivati! Vieni, seguimi" rispose tutto eccitato Dudu

"Sei sicuro? È ancora presto. Posso andare a casa, e ho tempo per andare a prendere la cena e..." Alex era tornato timoroso, aveva paura di far scappare tutti gli animali riuniti per la festa

"No! Su con la vita! Fidati di te stesso! Piacerai a tutti" lo incoraggio Dudu

Lentamente si diressero verso l'ingresso della festa, separarono i cespugli e proseguirono fino a raggiungere la valle.

Tutti gli animali si voltarono per guardare Alex e il suo amico, Dudu, che, notando lo stupore generale, disse ad alta voce: "Ciao amici miei, questo è Alex il tirannosauro che vive nella grotta, ha molte storie da raccontarci ed è molto allegro, dategli il benvenuto".

Tutti i dinosauri e gli animali della foresta si avvicinarono salutandolo, abbracciandolo e dando loro il benvenuto alla grande festa.

La festa proseguì senza intoppi, tutti si divertirono molto, ballando e ascoltando le fantastiche storie di avventure che Alex raccontava. Da quel momento, nessuno ebbe più paura del grosso Tirannosauro e Alex non ebbe più paura di avere amici diversi da lui.

Pterodactylus

Rettile volante, o pterosauro, viveva nel Giurassico superiore, circa 145 milioni di anni fa.

Pterodactylus

Molti resti fossili sono stati trovati nei calcari litografici di Solnhofen, in Germania.

Con un'apertura alare fino a 75 centimetri, lo pterodattilo non è certo uno degli pterosauri più grandi.

Il genere Pterodactylus comprende un certo numero di specie con una dieta varia: alcuni si nutrivano di insetti, altri forse di piccoli pesci.

Come tutti gli pterosauri, anche lo pterodattilo aveva grandi ali formate da una membrana di pelle che partiva dalla punta dell'ultimo dito dell'arto anteriore molto allungato e finiva sopra la regione del bacino.

Questa struttura, internamente, era sostenuta da fibre di collagene, mentre all'esterno era sostenuta da strutture di cheratina.

Lo pterodattilo "SUPEREROE"

C'era una volta, una lontana terra di dinosauri, dove gli alberi frondosi e verdi brillavano di gioia, il sole splendeva luminoso ogni giorno per riscaldare i suoi buoni amici, e in un piccolo fiume che scorreva vivacemente tra le rocce e i rami, rinfrescando ogni dinosauro che giocava sulle sue rive.

Ogni pomeriggio, quando il fiume danzava dolcemente tra le rocce, le madri dinosauro portavano i loro piccoli a giocare un po'. Dappertutto si percepiva gioia, risate e tanto divertimento. Tutti i dinosauri in quella erano felici e a proprio agio.

Tuttavia, guardando bene tra le fronde degli alberi, uno esisteva. Il suo nome era Tommy, ed era un piccolo pterodattilo che, a differenza degli altri dinosauri, giocava lontano dal fiume all'ombra di un grande e vecchio albero. Era tranquillo ma distaccato, per qualche ragione, non si avvicinava agli altri piccoli per giocare.

"Perché devo essere così, signor Albero? Perché non posso essere come loro?" Si lamentò il piccolo pterodattilo.

Tommy, lo pterodattilo, non si aspettava una risposta dal grande vecchio albero, ma qualcosa di sorprendente accadde quando una brezza giocosa arruffò le verdi foglie di quell'albero.

"Non sei così diverso da loro, piccolo Tommy. Un giorno capirai!" Disse il vecchio albero lentamente e con calma.

"Chi è là?" Tommy gridò molto agitato guardandosi intorno.

Con una calda risata, l'albero rispose: "Sono io, il vecchio albero dove riposi. Non aver paura, voglio solo essere tuo amico".

"Mio amico? Ma non possiamo essere amici perché siamo così diversi!" Disse lo pterodattilo con molta sicurezza.

"Diversi?" Chiese il vecchio albero confuso.

"Sì, tu sei un albero e io... uno pterodattilo. Non possiamo essere amici!" Rispose il piccolo Tommy.

"Hum, penso che non dovremmo essere uguali per essere amici. Forse se abbiamo cose in comune possiamo essere buoni amici. Vediamo, cosa ti piace di più?" Chiese il vecchio albero.

"Mi piace... oh, mi piacciono i supereroi! Ogni notte sogno di avere un grande mantello verde che mi dà il potere di volare nel cielo blu, saltare attraverso le soffici nuvole bianche e aiutare i dinosauri che sono in pericolo", disse Tommy eccitato.

"Fantastico, piacciono anche a me i supereroi! Ti svelo un segreto, piccolo Tommy, il mio nome è Tronkot, il super albero. Molti secoli fa, questo posto ha subito un terribile attacco da parte di Vientaurhus. Era il cattivo più temuto in queste terre perché controllava il vento, ed era molto forte e potente. Formava vortici, faceva raffiche violentissime e sconfiggeva facilmente i miei amici alberi, uno per uno li abbatteva tutti.

Dovetti armarmi di grande coraggio, e anche se a quel tempo ero più piccolo, avevo rami agili e foglie forti, e riuscii a prenderlo e a fermarlo, alleviando così la sua furia distruttrice. Da quel giorno, Vientaurhus non ha più attaccato la terra dei dinosauri perché io sono rimasto qui a prendermi cura di loro e ad assicurarmi che non succeda nulla".

"Wow, sei un supereroe? Sei fantastico, vorrei essere come te per poter volare con il mio super mantello, combattere un cattivo malvagio e proteggere tutti", disse il piccolo Tommy al vecchio albero.

Il vecchio albero cercò di incoraggiare e spronare Tommy per andare dagli altri dinosauri.

"Tommy, perché non sei andato dagli altri dinosauri a giocare con loro? Forse anche a loro piacciono i supereroi e possono fare squadra per combattere nuovi cattivi", disse il vecchio albero.

"No, non possiamo essere amici! Non siamo uguali. Loro sono dinosauri e io sono solo uno pterodattilo... Mi dispiace, non posso continuare a parlare, signor albero. Si sta facendo buio e devo andare con la mia famiglia", disse tristemente Tommy.

Quella notte il piccolo pterodattilo si addormentò prima del solito e sognò il suo grande mantello verde come ogni notte. Ma questa volta al suo fianco c'era un altro grande supereroe, era infatti accompagnato da Tronkot il superalbero. Stavano combattendo contro il malvagio Vientaurhus e salvando tutti i dinosauri e gli alberi della terra dei dinosauri.

Era un bellissimo sogno. Il piccolo pterodattilo sentiva il vento tra le sue ali, e le nuvole morbide e soffici si agitavano al suo passaggio, accarezzando ogni parte del suo corpo. Si sentiva il più felice e fortunato pterodattilo della terra dei dinosauri.

La mattina dopo il piccolo pterodattilo si svegliò eccitato e felice di visitare il suo nuovo amico superalbero. Sulla strada per raggiungerlo, Tommy sentì dei forti rumori provenienti dal fiume, poi delle grida angosciate che chiedevano aiuto. Avvicinandosi trovò diversi dinosauri che chiedevano di aiutare un loro amico scivolato in acqua, il fiume lo stava trascinando a valle con il suo impeto.

Il piccolo pterodattilo si fece coraggio, aprì le sue grandi ali lunghe e, con un grande salto, spiccò il volo rimanendo sospeso in aria.

"Non preoccupatevi, lo aiuto io!" Disse Tommy a tutti i presenti

Tommy volò a tutta velocità in direzione del piccolo dinosauro che veniva portato giù dal fiume in piena. Lo vide, era in mezzo al gorgoglio delle acque, aggrappato a un ramo, ma sembrava allo stremo delle forze. Tommy si mise in picchiata per raggiungerlo il più velocemente possibile. Lo raggiunse in un attimo, il piccolo dinosauro era ormai stremato e al limente delle forze. Tommy allungò le sue poderose zampe e lo afferrò riuscendo a tirarlo a riva.

"Tranquillo, amico, te la caverai", gli ripeteva mentre lo trascinava

Raggiunta la riva il piccolo dinosauro gli si buttò addosso ringraziandolo

"Grazie per avermi salvato, amico. Sei fantastico, sei il mio eroe!"

Aspettarono tutti i suoi amici che stavano correndo per raggiungerli, Tommy veniva ringraziato da tutti per il suo aiuto e il suo coraggio.

"Ehi amico, sei stato fantastico! Grazie per aver aiutato Billy. Come ti chiami?", disse un dinosauro a Tommy.

"Mi chiamo Tommy".

"Wow Tommy, sei grande, mi piacciono le tue ali, sono grandi e forti. Vorrei averle anche io!", disse un altro dinosauro a Tommy.

"Ma non pensi che io sia diverso?". Disse Tommy con timore.

"Si amico, sei DIVERSO! Ma sei FANTASTICO e UNICO. Hai delle ali grandi e bellissime. Ognuno di noi ha qualcosa che ci rende speciali", gli disse un dinosauro del gruppo.

Da quel giorno Tommy non ebbe più paura di vedere ed incontrare nuovi amici, i dinosauri condivisero molte storie fantastiche con Tommy, il piccolo pterodattilo finalmente capì che siamo tutti diversi ed è questo ci rende unici e speciali.

Ciò che conta è essere buoni di cuore, onesti e gentili.

Apatosaurus or Brontosaurus

Dinosauro del Giurassico superiore degli Stati Uniti. Questo grande dinosauro quadrupede fa parte di un gruppo di erbivori chiamati sauropodi.

Brontosaurus

L'apatosauro, con i suoi 24 metri di lunghezza, 8 metri di altezza e 35 tonnellate di peso era un animale imponente; aveva un collo formato da enormi vertebre e tutto il corpo di questo sauropode era probabilmente coperto da una serie di spine simili a quelle dell'iguana.

Possedeva, come tutti i diplodocidi, una coda a frusta. La testa era piccola e dotata di narici nella parte superiore del muso. I denti erano deboli e adatti a strappare foglie tenere

Il sogno di Zoe

Zoe era un brontosauro con la pelle grigia tendente al blu, gli occhi marroni e un collo molto lungo. Ogni pomeriggio si sedeva tra gli alberi di casa sua e, da quel posto, guardava come tutti i dinosauri saltavano la corda. Zoe, da quando aveva sette anni, voleva poter saltare la corda in alto come gli altri dinosauri, ma sua madre non glielo permetteva, aveva paura che il suo bel collo lungo si facesse male.

Un giorno, mentre era sotto gli alberi, Mia, la sua migliore amica, le si avvicinò e le chiese: "Cosa c'è che non va Zoe? Perché quando arriva il pomeriggio il tuo sguardo diventa triste?".

Il dinosauro la vide e sospirò. Dopo diversi secondi, rispose: "Non ridere di me, ok?".

"Certo, ma dimmi, non farmi stare in ansia".

"Vorrei imparare a saltare la corda come tutti i dinosauri della giungla".

Anche se Zoe sapeva che poteva essere pericoloso voleva farlo come tutti gli altri amici dinosauri.

I giorni passavano e il dinosauro era ancora triste, non riusciva a farsene una ragione. Stava riposando sotto un albero quando un urlo attirò l'attenzione di Zoe. "Zoe! Zoe! Quassù!"

Cercando da dove provenisse l'urlo, la sagoma della sua amica cadde dagli alberi, colpendo il terreno e rotolando direttamente ai piedi di Zoe. Vedendola così vicina la aiutò ad alzarsi.

"Da dove sei venuta? Non puoi volare. Come hai fatto a salire su quegli alberi?".

Agitata ed eccitata, Mia fece un respiro profondo e rispose: "Scusa, ero nella casa sull'albero! Stavo pensando a come avrei potuto aiutarti con i salti. Così, sono scesa con cautela, ma nel farlo qualcosa mi ha colpito la testa. Guarda la mia fronte!"

Indicando la sua testa, Mia continuò: "E quando l'ho toccata, era sporca di bacche rosse. Bacche rosse!"

"Non urlare con me. Sì, so cosa sono i frutti rossi. L'albero dove abbiamo costruito la casa è a frutti rossi, non ti ricordi?".

"Certo che mi ricordo! Quello che non ricordavo è che ce n'erano così tanti".

"Non ti capisco Mia, cosa succede con i frutti rossi?".

Mia prese di nuovo fiato, urlando ancora più forte: "Possiamo fare la torta ai frutti rossi, così la potremo regalare gli altri dinosauri e ci lasceranno saltare la corda con loro".

Il dinosauro rimase in silenzio, immaginava la scana nella sua mente, la rivedeva più e più volte finché i loro occhi si incontrarono e insieme cominciarono a urlare: "Siiiiiii, mi sembra fantastico!"

Mia era un brontosauro anche molto intelligente, così tornando a casa raccolse un sacco di bacche e andarono direttamente nella cucina di sua madre.

"Mamma, sei occupata?"

"Ciao ragazze, come posso aiutarvi?"

Mia guardò Zoe e rispose alla madre: "Vorremmo che ci insegnassi a fare la tua deliziosa torta di frutta rossa che i dinosauri adorano, puoi?"

"Certo tesoro, ma perché?".

"Vogliamo condividerne un po' con alcuni amici, per vedere se ci insegnano a saltare la corda".

La madre di Mia annuì, aiutandoli con tutti i preparativi.

Zoe prese le bacche e le mise in un enorme piatto. Mia cercò la farina nella dispensa, e la madre di Mia mise gli altri ingredienti sul bancone. Mescolò tutto con cura e lentamente fino a quando non apparve un impasto liscio; lo mise in uno stampo e infine aggiunse i frutti rossi.

"Dobbiamo lasciarlo riposare prima di metterlo in forno, in modo che i frutti rossi possano insaporire l'impasto, ok?

Il brontosauro annuì, lasciando la cucina eccitato, andando direttamente in giardino.

"Mia, e se domani i dinosauri non volessero insegnarci a saltare la corda?" chiese Zoe un po' pensierosa

"Pensi che possa succedere?" rispose Mia

"Forse sì, i brontosauri di solito non saltano la corda".

"Allora non daremo loro la nostra deliziosa torta"

Zoe si lasciò scappare una piccola risata. Dopo diverse ore, tornarono in cucina, ma questa volta c'era qualcosa che non andava. L'intero pavimento era sporco e aveva un odore familiare. Spaventata, Mia iniziò a cercare l'origine dello sporco e, con loro grande sorpresa, l'urlo di sua madre si sentì in tutta la cucina.

"Ma cosa è successo alla torta?" I brontosauri cercarono subito il posto dove l'avevano lasciata e non c'era più. "Ma... era qui pochi secondi fa".

Si cominciò a sentire uno strano suono sotto il grande bancone, e quando Zoe guardò, vide un piccolo pterodattilo che stava assaporando l'ultimo morso della torta.

"Che cosa hai fatto?"

Lo pterodattilo guardò i tre brontosauri fermandosi prima di ingoiare l'ultimo pezzetto della squisitezza: "Emh,..Mi... dispiace" disse sentendosi in colpa e non sapendo cosa dire di preciso "Questa torta aveva un profumo delizioso e non sono riuscito a trattenermi, non riuscivo più a metterla giù, scusatemi".

La madre di Mia lo guardò seccata e disse: "Quella torta era per le ragazze!"

Lo pterodattilo, vedendo Zoe e Mia così tristi, disse loro: "Non preoccupatevi, andrò a prendere altri frutti rossi così potrete fare un'altra torta deliziosa come questa, ok?"

I brontosauri annuirono e lo pterodattilo saltò fuori dalla finestra. Quando vide cosa era successo, disse alla sua amica: "Non perdere la speranza Zoe, impareremo a saltare la corda e saremo i brontosauri più veloci di tutti".

"Non lo so Mia, forse quel pterodattilo non tornerà mai più" e i frutti rimasti sono troppo in alto per noi.

Tristi e incapaci di fare qualcosa, i brontosauri si sedettero sotto gli alberi, l'unica cosa che potevano fare era aspettare e sperare. Quando avevano quasi perso ogni speranza, il suono dello pterodattilo si sentì in lontananza.

"Sono tornato! E ho portato aiuto! Ho detto a tutti i miei amici che fate la migliore crostata di frutta rossa dell'intera foresta".

Lo pterodattilo arrivò con il suo becco e le sue zampe cariche di frutta e lo stesso i suoi amici intorno a lui. Il resto della giornata i brontosauri cucinarono le torte più deliziose che qualcuno avesse mai assaggiato e misero in piedi un redditizio commercio di torte che gli permise di farsi molti amici nella giungla e, finalmente, poterono essere i primi brontosauri a saltare la corda.

Velociraptor: Fast bird of prey or fast predator.

Dinosauro vissuto nel Cretaceo, circa 90 milioni di anni fa.

Dalle ricostruzioni sembra che fosse un animale veloce e intelligente. La scoperta di questo predatore avvenne nel 1924, in Mongolia.

Predatore feroce, aveva una testa allungata e un muso piatto, dotato di file di denti affilati e ricurvi e un micidiale artiglio retrattile sul secondo dito della zampa posteriore.

Velociraptor

Raggiungeva circa 1 metro, circa 60 cm al garrese, 2 metri di lunghezza, con tutta la coda e circa 50 kg di peso.

Forse la cosa più sorprendente è stata la scoperta che il Velociraptor era molto probabilmente coperto da una sorta di piumaggio.

Questo vale anche per gli arti anteriori, che probabilmente avevano la funzione di permettere all'animale improvvisi cambi di direzione, quindi il velociraptor era un formidabile predatore, e quando camminava il suo collo prendeva la forma di una S.

.

La carriera di Nala

Nelle profondità della giungla viveva un allegro velociraptor di nome Nala. Aveva gli arti inferiori molto tozzi perché fin da bambina amava andare a correre con suo padre. Nala sognava di poter partecipare all'annuale corsa dei dinosauri. Un giorno, mentre correva sulla grande pista, Nala chiese a suo padre: "Quanto devo aspettare per poter correre sulla pista degli adulti?"

"Tesoro, dovresti imparare a camminare prima di correre". Confusa dalle parole che suo padre le aveva detto, chiese di nuovo: "A camminare? Ma se si tratta di una gara, dove la velocità e lo sforzo sono fondamentali, cosa mi aiuterà a vincere? Mi sono allenata con i migliori per tutta la vita, questo non conta?".

Il padre del velociraptor incurvò le labbra quando vide gli occhi della figlia. "Un giorno sarai in grado di competere nella gara, e ti prometto che sarai la migliore. Ma prima, dobbiamo andare a prendere il cibo, altrimenti tua madre non vorrà cucinarci quella deliziosa torta di mirtilli".

Nala annuì, ma nel profondo non aspettava altro che il momento in cui avrebbe potuto finalmente partecipare alla gara e correre insieme ai dinosauri più veloci della giungla.

Un giorno, mentre Nala si stava riposando ai piedi di un grande albero, , il suono di alcune voci attirò la sua attenzione. Curiosa di sapere chi fossero, camminò silenziosamente tra gli alberi fino a quando, molto vicino, osservò chi fossero.

"Mancano pochi giorni, dobbiamo andare a iscriverci alla gara".

"Sì, ma non sappiamo dove dobbiamo andare".

"Mio padre mi ha detto che la pista si sarebbe vista dalla montagna..."

Nala, vedendoli, li riconobbe e uscì dai cespugli.

"Eccomi qui, posso aiutarvi!" disse

I dinosauri, completamente sorpresi, fecero un balzo in avanti poi si voltarono verso la bambina che era uscita dagli alberi.

"Chi sei piccolina, ci hai fatto prendere un bello spavento lo sai?"

"Oh, scusate, non era mia intenzione! Mi chiamo Nala, posso aiutarvi a raggiungere la pista se volete".

I dinosauri la guardarono e risposero: "Allora sei una grande corridore! Molto volentieri, cosi non corriamo il rischio di perderci".

Senza smentire ciò che lo straniero aveva detto, li accompagnò lungo il sentiero che portava alla pista. Durante il viaggio mostrò loro gli alberi più belli della valle e gli raccontò un po' delle storie di sport che suo padre le raccontava fin da piccola.

"È qui, dovete solo presentarsi presto il giorno della gara. I migliori dinosauri della valle parteciperanno, quindi vi auguro buona fortuna".

I dinosauri eccitati annuirono.

"Grazie mille, ma parteciperai, vero? Si vede che sei una grande ammiratrice di questa gara e che ti alleni da molti anni".

Confusa, non sapendo cosa rispondere, si mise una mano sulla testa e rispose senza pensare alle parole che le sarebbero uscite dalla bocca.

"Certo! Solo che non lo dico a tutti, la verità è che mi piacete, quindi sì. Quest'anno parteciperò alla grande corsa".

Con gioia, i dinosauri salutarono il velociraptor e lei, un po' spaventata dalla bugia che aveva detto, tornò a casa. Suo padre la stava aspettando tra gli alberi e quando la vide le disse: "Tesoro, eccoti! Sto andando nella valle per assicurarmi che tutto sia a posto sulla pista. Vuoi venire con me?"

Cercando di nascondere la sorpresa e la paura, Nala accettò. Mentre camminavano per raggiungere la pista, suo padre le disse: "So che pensi che fare una corsa sia facile, ma la verità è che è stata creata per usare anche l'ingegno di un dinosauro e non solo la velocità o la forza fisica.."

Indicando le parti rocciose continuò, "...In quel posto, non solo affronterai veloci dinosauri ma ti troverai davanti anche le più audaci tra le sfide".

Nala ascoltò attentamente ogni dettaglio che suo padre le descrisse sulla gara, le sue difficoltà dei terreni diversi, come affrontare i dislivelli, le salite e le discese e come doveva attraversare ogni ostacolo. Alla fine alcuni racconti della sua partecipazione alla gara.

"Hai fatto tutto questo papà?".

"Sì, tesoro. Una volta ho dovuto correre così velocemente nella zona della palude che sembrava che i miei arti non toccassero il fango".

Nala poteva immaginare suo padre che correva velocemente sopra la palude tentando di non sprofondare e rimanere impantanato.

Il giorno dopo Nala andò ad allenarsi, percorrendo lo stesso percorso di ogni giorno. A metà percorso incontrò i dinosauri del giorno prima.

"Nala! Che sorpresa! Ti stai allenando per la gara di domani? Quegli arti sembrano davvero forti e scattanti".

Sorpresa di sentire le voci dei dinosauri, si lasciò sfuggire una piccola risata.

"Ragazzi! Sì, mi sto allenando un po' per le zone rocciose, sono molto difficili".

"Ottimo! Noi stiamo facendo lo stesso allenamento, ti va di venire con noi? Così ci potrai far vedere le tue abilità e i passaggi migliori!".

Accettò l'invito e i tre iniziarono a camminare attraverso la giungla fino a raggiungere i piedi della montagna di roccia.

"Mio padre mi ha insegnato alcuni trucchi, mi ha detto di correre velocemente se il terreno è fangoso, mentre in questo caso dobbiamo calpestare le pietre più scure, quelle sepolte nel terreno, perché sono più stabili e non scivolose, calpestando quelle pietra corriamo meno rischi di cadere".

I dinosauri che l'accompagnavano ascoltavano attentamente, e passarono tutto il pomeriggio ad esercitarsi. Alla fine non ne potevano più ed erano esausti.

"Questo saltellare sulle rocce è davvero molto stancante, non credete? Dovremmo andare a fare un tuffo rilassante nelle cascate. Ti unisci a noi, Nala?"

Esausta e con molto sudore sul corpo, la velociraptor accettò l'invito dei suoi amici, così insieme si recarono alle cascate per un bagno che li ristorò.

Il grande giorno, quello più atteso da tutti gli abitanti della giungla, era finalmente arrivato. La mamma, non vedendo Nala, andò in camera a svegliarla.

"Tesoro, sbrigati che non vogliamo fare tardi".

"Mamma, credo di essere malata, non potrò andare alla gara".

"Ma tesoro, che ti succede! Non te la perderesti per niente al mondo".

Nala non voleva andare alla gara, il padre le aveva vietato di partecipare, i suoi amici avrebbero scoperto le sue bugie e avrebbe fatto una bruttissima figura davanti a tutti. Si stava pentendo di non aver detto la verità per sentirsi più grande. Alla fine i genitori la convinsero e tutti partirono alla volta della pista da corsa.

Quando arrivando all'ippodromo i suoi amici salutarono Nala dalla folla.

"Sei pronta? Dai su vieni!"

Nala andò a salutare i suoi amici, mentre stavano parlando del più e del meno la chiamata per i partecipanti inondò il posto. "Forza si parte!" dissero i dinosauri, poi presero Nala per mano, e la portarono sulla linea del traguardo. In quel momento Nala era molto nervosa per aver mentito a suo padre ed essersi nascosta, ma l'eccitazione realizzare il suo sogno di essere con i migliori la fece partecipare alla gara.

Un forte suono diede inizio alla sfida ma, nel mezzo di essa, Nala scivolò cadendo nello stagno e facendo un bel bagno di fango. Tornò indietro completamente sporca e vide suo padre la stava aspettando alla fine della pista.

"Perché mi hai mentito? Ti avevo detto che non eri pronta, avresti potuto farti molto male! Adesso devo metterti in punizione!" disse in tono severo

Nala finalmente capì cosa voleva dire sua padre che stava pensando solamente al suo bene, si scusò con i suoi genitori e promise di non mentire più.

Ichthyosaurus

Ichthyosaurus, il primo dei rettili marini del Mesozoico ad essere scoperto.

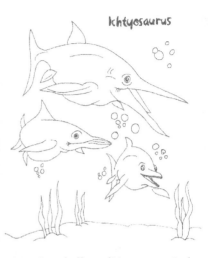

Ichtyosaurus

Rettile marino, visse nel Giurassico inferiore in Europa.

I suoi fossili sono relativamente comuni nelle rocce del primo Giurassico in Inghilterra e Germania.

Era dotato di una pinna carnosa sul dorso e una pinna a mezzaluna alla fine della coda, sostenuta dalle ultime vertebre caudali fortemente articolate verso il basso.

Lungo circa 2 metri, le sue prede dovevano essere piccoli pesci o molluschi a corpo molle come i cefalopodi, che venivano catturati dalle lunghe mascelle dell'ittiosauro e schiacciati tra i lunghi denti conici.

Coproliti di ittiosauri contenenti squame di pesce (Pholidophorus) e numerosi uncini di tentacoli di cefalopodi (belemniti) sono la prova della dieta di questi animali.

Le ossa dell'orecchio dell'ittiosauro erano molto forti, probabilmente conducevano le vibrazioni dell'acqua all'orecchio interno.

Tuttavia, il senso principale su cui l'ittiosauro faceva affidamento quando cacciava era la vista: questo predatore aveva enormi occhi rotondi altamente sensibili, protetti da ossa che formavano una struttura chiamata anello sclerotico.

La città splendente

Nelle profondità dei mari del mondo viveva un dinosauro di nome Terry, era un grande ittiosauro con pinne molto forti. Un giorno stava nuotando con alcuni dei suoi amici nel centro della città acquatica quando qualcosa che brillava attirò la sua attenzione.

"Ragazzi! Cos'è quello?"

I suoi amici guardarono attentamente, ma non videro niente

"Dove, è tutto buio, io non vedo nulla!"

"Ma come, guardata come brilla!"

"Non vedo niente neanch'io, e penso che dovremmo andare. Questo posto è pericoloso, e non voglio che mia mamma mi punisca per esserci messi nei guai".

Così, senza ulteriori indugi, tornarono tutti a casa tranne Terry, che rimase sul posto a indagare.

"Non me ne andrò da qui finché non avrò preso quella cosa luccicante".

Con attenzione, Terry nuotò fino alla parte più profonda delle rovine della città e cominciò a cercare la cosa che aveva brillato nell'oscurità. Le rovine sembravano enormi castelli che negli anni erano crollati. C'erano pilastri e un bellissimo pavimento pieno di cristalli colorati, ma nessuno così luminoso come quello che Terry aveva visto da lontano.

"Dove sei, cosa splendente?"

Attraversò velocemente le porte di pietra, i monoliti giganti e infine entrò nell'oscurità senza sapere dove poteva condurre quella strada.

"C'è qualcuno? C'è qualcuno qui?"

Ma l'unica cosa che si poteva sentire era l'eco della sua voce. Per alcuni secondi, Terry poté percepire che qualcuno lo stava osservando, era talmente buio che accese una luce.

"Ehi! Sei un dinosauro?"

Nessuno rispondeva ma ora vedeva un bagliore, che gradualmente diventava sempre più luminoso, dandogli l'impressione che si stesse avvicinando rapidamente.

"Ehi! Non avvicinarti. Sono pericoloso" disse alla luce

Terry spaventato iniziò a nuotare velocemente cercando di allontanarsi, ma sentiva che non si muoveva dal suo posto. Guardando verso l'alto vedeva invece la via del ritorno allontanarsi sempre di più.

"Aiuto! Aiuto!"

Proprio allora accadde qualcosa di magico. La luminosità si impadronì completamente della sua vista e quando la recuperò, si trovò in un posto completamente diverso.

"Ah! Dove sono?"

Con grande sorpresa, un altro ittiosauro apparve al suo fianco.

"Benvenuto in Paradiso! Io sono Bruno, e tu?"

Stupito Terry nuotò lontano, e Bruno gli andò dietro.

"Ehi, non scappare! Non voglio farti del male. Voglio solo che tu conosca gli altri".

Terry si fermò improvvisamente e si voltò a guardarlo.

"Ci sono altri ittiosauri qui?"

Bruno scoppiò a ridere e rispose: "Certo, questa è la città degli ittiosauri. Lo siamo tutti".

"Non ci sono altri dinosauri, di quelli che camminano e hanno arti?"

Bruno fu sorpreso; lo guardò e negò e chiese "Perché ci sono più specie di dinosauri?"

"Da dove vengo io, sì, e anche altri animali acquatici molto più grandi di me".

Confuso, l'altro ittiosauro sbatté le pinne e rispose: "Seguimi, ti mostrerò la nostra città. Ti piacerà".

Entrambi nuotarono nel mare e, dopo alcuni secondi, la stessa luminosità che Terry aveva visto in fondo al mare ora illuminava tutto.

"Questa è Ictinopilis; la città dove nascono tutti gli ittiosauri del mondo".

Tutto il luogo era brillante, fatto di materiale lucente e bellissimo. C'erano sculture, piazze e grandi monumenti con figure di ittiosauri. Terry era impressionato e poteva dire solo una parola: "Incredibile!".

"Lo so, amico mio. Seguimi. Devi conoscere la mia migliore amica, la regina della città".

Entrambi cominciarono a camminare attraverso ogni spazio del luogo, imbattendosi in bellissimi ittiosauri, alcuni con colori diversi e altri con ciglia lunghe e molto ridanciane. Mentre Terry osservava attentamente ogni dettaglio, Bruno si fermò improvvisamente, facendo sbattere contro la sua schiena l'ittiosauro che lo seguiva.

"Ahi! Stai attento!"

"Mi dispiace, è solo che mi sono fermato per farti apprezzare la bella struttura del castello".

Indicando l'orizzonte, Terry visualizzò un enorme ittiosauro di pietra da cui andavano e venivano i dinosauri.

"Quello è il castello?"

"Sì, caro amico, un ittiosauro di pietra che segna l'eternità della nostra vita".

Entrambi nuotarono verso l'ingresso e alcune guardie li fermarono.

"Dove andate signori?"

"Andiamo a vedere la regina; ci sta aspettando".

Le guardie annuirono lasciandoli entrare nel grande castello a forma di ittiosauro. Dopo aver attraversato diversi corridoi, apparve una grande porta dorata. Bruno tirò attentamente la serratura e la porta si aprì. Entrambi entrarono, e un bellissimo ittiosauro li aspettò al suo posto.

"Bruno! Amico mio! Benvenuto!"

"Ciao, principessa, piacere di rivederti. Questo è il mio nuovo amico Terry; dice di non essere di queste parti, e la verità è che nemmeno io lo avevo mai visto da queste parti".

Imbarazzato, Terry fece un passo avanti, inchinandosi leggermente alla regina.

"Benvenuto buon Terry! Dimmi da dove vieni".

L'ittiosauro la guardò negli occhi questa volta e rispose: "Vengo dalle profondità del mare occidentale. Stavo nuotando attraverso la città quando qualcosa di luminoso ha attirato la mia attenzione".

Pensierosa, la regina lo guardò e poi chiese: "Sei sicuro del mare occidentale? È da molto tempo che nessuno viene a trovarci da lì. L'ultima volta che un ittiosauro ci ha fatto visita è stato per diventare il guardiano della città. Dobbiamo visitare l'ingresso della città".

La regina li invitò ad accompagnarla, ed entrambi gli ittiosauri la seguirono. All'arrivo, l'ingresso era illuminato, e Terry disse ad alta voce: "Ecco! Questa è la luce che mi ha attirato tra le rovine della città!"

La regina e Bruno guardarono bene le iscrizioni sulla porta, e accadde qualcosa di magico. Una bella collana a forma di ittiosauro apparve al collo di Terry.

La principessa lo vide e capì, poi gli disse: "Benvenuto! La città ti ha scelto per essere il guardiano della città nel tuo mare. Presto tornerai a casa, ma quando vorrai potrai farci visita".

E da quel momento Terry divenne il guardiano della città degli ittiosauri.

Elasmosaurus

Era il più grande dei plesiosauri, i più grandi rettili marini del Mesozoico. Dominava i mari del Cretaceo superiore, oltre 66 milioni di anni fa ed era diffuso in Asia e Nord America.

Elasmosaurus

Questa enorme creatura marina, lunga fino a 14 metri, aveva 71 vertebre nel collo ed era più lunga della coda e del corpo messi insieme. Era molto flessibile, tanto che con la testa poteva toccare l'altra estremità del corpo, e probabilmente si muoveva come un serpente tenendo il collo fuori dall'acqua. Avvistando una preda, immergeva la testa sott'acqua e catturava la vittima.

L'elasmosauro aveva un paio di pinne anteriori molto lunghe e un paio posteriori più corte. In passato, gli esperti pensavano che questo animale usasse le sue pinne come remi giganti per muoversi nell'acqua. Oggi gli scienziati pensano che l'elasmosauro si muovesse più o meno come la tartaruga di oggi e quindi nuotasse nello stesso modo in cui gli uccelli volano nell'aria. Per avanzare, l'elasmosauro agitava le sue pinne su e giù con movimenti lenti ma decisi.

Una fila di costole addominali proteggeva il corpo corto e a botte dell'elasmosauro. Per sopportare lo sforzo di sbattere le sue potenti pinne, questo rettile marino aveva bisogno di un corpo forte e massiccio.

Le costole dell'addome proteggevano il corpo dell'elasmosauro anche quando usciva dall'acqua. Come la tartaruga marina di oggi, l'Elasmosauro deponeva le sue uova in una buca scavata nella sabbia.

.

Ola leggenda del gigante marino

Nelle profondità dell'oceano viveva un elasmosauro intelligente e gentile. Il suo nome era Thomas. Aveva un collo lungo e piccoli arti sul corpo. A Thomas piaceva uscire nell'oceano con i suoi fratelli: Marcel e Andy.

Un giorno, mentre Thomas e i suoi amici stavano nuotando, una grande tartaruga apparve davanti ai loro occhi agitando le pinne.

"Ehi, ragazzi! Dove siete diretti?".

Sorridendo Thomas rispose: "Ciao, tartaruga! Oggi vogliamo fare una passeggiata intorno alla città delle vongole e prendere un po' di sole".

La tartaruga li guardò confusa e disse: "Sicuri? Oggi è molto pericoloso andare nella città delle vongole perché, tra le creature del mare, c'è una pericolosa leggenda".

Tutti gli elasmosauri si guardarono e chiesero contemporaneamente: "Una leggenda pericolosa?"

"Sì, non avete mai sentito parlare della leggenda del gigante del mare? Le creature della città delle vongole dicono che, alla fine dell'estate, una creatura gigante con un collo immensamente lungo appare per spaventare tutti i visitatori".

Sorpresi, Marcel e Andy cominciarono a tremare di paura, ma Thomas scosse la testa.

"Non può essere. Probabilmente è uno scherzo delle vongole. La mia famiglia viene da quel posto e non ne avevo mai sentito parlare prima".

La tartaruga offesa rispose: "Non sto mentendo! Io so solo che non andrei in quel posto alla fine dell'estate, comunque fate come volete".

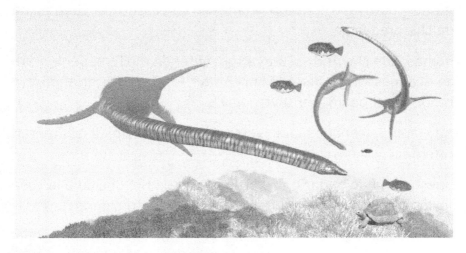

Senza dire nulla, continuò il suo cammino godendosi il paesaggio acquatico. Thomas, si girò di scatto verso i suoi amici sentendo il rumore provocato dai denti che sbattevano per la paura.

"Ma che fate? Vi ha fatto così paura che battete i denti? Credete a questa storia per spaventare i cuccioli di dinosauro?"

Andy lo guardò tristemente e disse: "Il mare è pieno di misteri. Quel gigante potrebbe voler uscire ad esplorare l'oceano oggi, e potrebbe spaventarci, oppure, oppure," iniziò a balbettare "oppure, peggio, a mangiarci se ci vede".

Marcel li guardò entrambi e disse: "Sono curioso di sapere chi è il gigante dal collo lungo che spaventa tutti, ma se è più grande di noi non posso non urlare".

Thomas si lasciò andare a una risata e alla fine disse: "Su con la vita! Sono bugie, non crederete a queste leggende! Sono storie inventate dai grandi per tenerci buoni! Se andiamo e lui non si fa vedere, possiamo smentire quella tartaruga spaventosa, così non avrà più niente da dire, cosa ne dite?"

Gli altri annuirono, così i tre elasmosauri si diressero verso la città delle vongole. Mentre nuotavano e scorrazzavano nell'acqua, notarono come la maggior parte delle altre creature marine nuotavano lontano, come se cercassero di fuggire da qualche predatore.

Thomas vide che Andy si stava spaventando molte e, per evitare che scappasse, gli disse: "Ehi, Andy! Che ne dici di andare a prendere dei panini per il viaggio?".

Andy annuì, conducendoli verso il suo negozio di alimentari preferito.

"Questo è il mio negozio preferito; ha tutti i tipi di cibo e la cosa migliore è che i frullati e i milk shake sono tutti colorati".

L'elasmosauro prese tutto ciò di cui avevano bisogno poi ripartirono. Questa volta, Andy non aveva distrazioni e poteva solo pensare ai suoi deliziosi snack mentre Marce e Thomas parlavano dei dinosauri in superficie e delle loro strane abitudini.

"Ieri ho incontrato dei brachiosauri. Sono come noi, ma camminano in superficie. Non pensi che siano incredibili?".

Thomas annuì e rispose: "Sarebbe bello poter girare sia sotto il mare che sulla superficie e vedere tutte le meraviglie del mondo!".

Non fece in tempo a finire la frase che un'ondata di pesciolini piccoli come mosche cominciarono a scontrarsi contro di loro, facendo urlare Andy: "Cos'è questo? Aiuto!"

Thomas non poteva muoversi perché non vedeva niente mentre Marcel cercò di scappare. "Nuotate amici, andiamo via!" Ma quando Thomas cercò di nuotare, un piccolo pesce si mise proprio davanti il suo muso. "Ciao!" disse

Thomas si lasciò sfuggire un urlo. I piccoli pesci urlarono quando lo sentirono, e si misero tutti in piedi su un lato formando una sagoma che ricordava l'elasmosauro.

Thomas aprì lentamente gli occhi. Davanti a lui, come uno specchio, la sagoma dei pesciolini stava facendo i suoi stessi movimenti. Marcel si avvicinò incuriosito e chiese: "Forse siete voi la causa della leggenda del gigante marino?"

La sagoma dei pesci fece un gesto di sorpresa, mettendo una pinna su quello che sembrava essere il suo petto e negò con voce uniforme: "Certo che no! Perché hai paura di noi?"

Lentamente, si stavano avvicinando a Marcel, ma l'elasmosauro emise un urlo disperato e cercò di fuggire dalla parte opposta. Thomas disse con voce seria: "Allora perché ci avete attaccato?".

"Non vi abbiamo attaccato e non volevamo spaventarvi. Siamo una grande famiglia di pesci in viaggio verso la città delle vongole, ma ci siamo persi".

Thomas si rilassò e rilasciò l'aria che stava trattenendo nei polmoni, i suoi amici ora erano al suo fianco.

"Anche noi stiamo andando lì! Se volete potete unirvi e venire con noi. Ci presentiamo, lui è Andy, questo è Marcel e io sono Thomas".

La sagoma del pesce annuì e salutò: "Ciao Andy! Ciao Marcel! Ciao Thomas! Sarà un piacere accompagnarvi; vogliamo goderci quel poco che resta dell'estate in quella bella città marina".

Arrivati a destinazione, la silhouette dei pesci svanì, lasciando ognuno a godersi il posto separatamente. Thomas tirò fuori i suoi occhiali da sole e si sedette sulla sabbia. Andy e Marcel erano più attenti ancora intimoriti dai racconti.

Quando il sole raggiunse il suo punto massimo, un'ombra enorme li coprì tutti. Andy e Marcel chiusero completamente gli occhi, senza potersi muovere. Ma, Thomas abbassò gli occhiali guardandosi intorno. Notando che un enorme elasmosauro apparve di fronte a loro. I tre amici erano completamente spaventati quando la creatura si voltò a guardarli.

"Credo di sapere chi siete".

I dinosauri cominciarono a tremare e infine la creatura disse: "Thomas, Andy e Mark, non mi riconoscete? Sono vostro nonno".

I tre si guardarono l'un l'altro, poi volsero lo sguardo all'enorme creatura di fronte a loro e urlarono "Nonno!". Corsero ad abbracciarlo e capirono tutto.

La leggenda del gigante del mare era in parte vera, una grande creatura esisteva, ma perché gli altri dinosauri e pesci non sapevano quanto potesse diventare grande un elasmosauro. Da quel giorno la leggenda si trasformò e divenne la leggenda del grande gigante buono.

.

Spinosaurus

Dinosauro carnivoro vissuto circa 110 milioni di anni fa, nel periodo Cretaceo, in Nord Africa, Egitto e Niger.
Era lungo fino a 16-18 metri e pesava circa 12 tonnellate.

Spinosaurus

Si crede che controllasse la temperatura corporea attraverso la vela dorsale che, forse, era brillantemente colorata per la sua funzione di richiamo sessuale durante la stagione degli amori, e poteva essere usata come segnale di avvertimento per minacciare altri maschi.

A differenza di altri dinosauri carnivori, lo spinosauro non aveva mascelle potenti.

I suoi denti erano anche conici e dritti, non ricurvi all'indietro e taglienti come quelli di un carnosauro quindi si pensa che fosse un predatore di grandi pesci e altri grandi animali di fiume.

Si ritiene che lo spinosauro camminasse su due zampe, lasciando gli arti anteriori liberi per afferrare la preda: era in grado di muoversi rapidamente con scatti fulminei usando la sua coda affusolata per bilanciarsi.

Le fantastiche storie di Barthur

C'era una volta, in una lontana foresta tropicale, il più grande cantastorie di tutta la terra emersa. Solo pochi ebbero la fortuna di ascoltarlo perché non si fermava a lungo in un posto. Tuttavia, quella piccola foresta tropicale fece sentire il grande cantastorie così a suo agio che decise di farne la sua casa.

Quel maestoso, grande e unico dinosauro era un vecchio spinosauro, chiamato Barthur. Sapeva molto bene come divertirsi nella vita. Approfittava di ogni occasione per andare all'avventura. Amava imparare nuove cose, conoscere altri dinosauri e specie che abitavano la terra, era molto amichevole e amava condividere con gli altri quello che aveva. Ciò che amava di più, però, era raccontare le sue avventure ai piccoli che incontrava durante le sue peregrinazioni.

Alcuni dinosauri pensavano che il vecchio Barthur a volte si sentisse triste perché non aveva una famiglia, ma quello spinosauro era il dinosauro più felice che abitava nella giungla, perchè considerava tutti la sua famiglia. condivideva sempre le sue storie con gli altri affinché imparassero l'importanza della vita, di quello che facciamo, come lo facciamo e il segno che lasciamo nel cuore delle persone.

"Buongiorno, signor Barthur, come sta oggi?" Disse un piccolo barionide di nome Phil.

"Wow, chi abbiamo qui! Oh sì, è il piccolo Phil! Sono contento che tu sia venuto a trovarmi oggi, piccolo amico. Oggi voglio raccontarti una storia. Che ne pensi?" Gli disse Barthur.

"Fantastico! Ho invitato alcuni amici. Spero che non ti dispiaccia. Lei è Sandy, il velociraptor, e Batchi, il quetzalcoatlus", disse il piccolo Phil.

"Fantastico, sono contento che siete potuti venire tutti. Siete tutti miei amici e siete sempre i benvenuti", disse Barthur lo spinosauro. "Siete pronti per una nuova storia?"

Tutti i visitatori del vecchio Barthur risposero subito con una tale gioia che si potevano vedere i loro occhi brillare di curiosità. Si misero tutti intorno al fuoco e la storia iniziò.

"Molto, molto tempo fa, un giovane spinosauro, molto attraente, ahaha, stava giocando alla caccia al tesoro con alcuni pirati che amavano molto cantare. Ognuno di loro aveva una grande nave, una mappa che mostrava dov'era il tesoro e una bussola pazzesca. Per arrivare al tesoro, bisognava prima superare alcuni enigmi molto divertenti. Molti pirati non ce l'hanno fatta, ma il giovane spinosauro sì, perché era molto intelligente... proprio come te. Dopo aver completato tutti gli enigmi, solo lo spinosauro riuscì a sfondare una barriera magica che lo portò giù per un fiume incandescente. Raggiunto il fondo dell'abisso, in cima a delle rocce giganti che avevano un arcobaleno intorno, fu trovato uno scrigno pieno d'oro!"

"Incredibile!" Dissero i dinosauri allo stesso tempo.

"Quel giorno lo spinosauro imparò che ci sono grandi cose nel mondo e che scoprirle è ancora più grande. Gli ostacoli lungo il cammino valgono la pena di essere vissuti perché con essi si scopre come arrivare alla fine e si migliora la propria anima", concluse il vecchio Barthur.

"Wow! Il suo amico spinosauro è molto saggio, signor Barthur. Quando sarò grande, sarò anch'io un avventuriero come lui nelle sue storie", disse Sandy il velociraptor.

"Grazie per averci raccontato una storia così bella, signor Barthur. A domani!" Disse Phil, andando già via con i suoi amici.

"Qui vi aspetto, piccoli!" Disse Barthur con entusiasmo.

Il giorno dopo, molto presto la mattina, il signor Barthur si svegliò con più compagnia del solito. C'erano molti dinosauri intorno a lui, gli amici avevano chiamato altri amici. Allora preparò un po' di cibo per condividerlo con i piccoli amici mentre raccontava la sua storia. I loro occhi erano vispi e ancora più curiosi del giorno precedente. Barthur si sentiva a suo agio tra le verdi e soffici foglie dove si usava sedersi, e deliziato con la dolce presenza di tanti buffi amici.

"Buongiorno, piccoli! Siete pronti per la nuova storia di oggi?" Chiese il vecchio Barthur con un grande sorriso.

Tutti risposero con grande energia, erano pronti, e iniziarono la più lunga giornata di storie che i vecchi dinosauri avessero mai ricordato.

"...E dopo aver preso il tè con il re dei dinosauri d'Egitto, lo spinosauro molto amichevolmente gli mostrò i progetti che usavano per costruire le piramidi. Quel giorno, lo spinosauro imparò che la curiosità porta lontano, ma bisogna essere attenti e molto agili per uscire dalle trappole all'interno delle piramidi. Il segreto si basa sull'onestà e la gentilezza", finì il vecchio Barthur.

La giornata passò tra risate giocose, emozioni divertenti e storie incredibili.

"...E quando riuscì a trovare la fine dell'arcobaleno, il piccolo elfo lo aspettava con la possibilità di esprimere un desiderio. Lo spinosauro chiuse gli occhi, fece un respiro profondo e dal suo cuore espresse il suo desiderio. Poi passò il resto del pomeriggio imparando cose incredibili sugli arcobaleni e mangiando macedonia con il folletto. Quel giorno, lo spinosauro scoprì che con molta perseveranza e fiducia si può ottenere ciò che si sta cercando e persino essere ricompensati per il proprio sforzo", concluse il vecchio Barthur.

"Signor Barthur, qual era il desiderio espresso dal giovane spinosauro?" Chiese curioso uno dei piccoli dinosauri seduti sul giorno del racconto.

"Beh, mi ha detto che era un segreto, ma so che posso fidarmi di voi! Il suo desiderio era che la curiosità di descrivere cose nuove e affascinanti esistesse sempre nel cuore di tutti".

"Signor Barthur, dov'è quel giovane spinosauro?" Chiese Phil il piccolo barionide.

"Il giovane spinosauro è cresciuto di avventura in avventura, ha visitato molti luoghi, ha imparato cose meravigliose, e stava gradualmente realizzando il suo desiderio ovunque andasse. Anche quando sarà vecchio, avrà ancora storie da raccontare", disse il vecchio Barthur.

"Wow, lei è il giovane spinosauro, signore Barthur! Il piccolo quetzalcoatlus Batchi disse felicemente.

Tra calde risate, il vecchio spinosauro rispose: "Proprio così, piccoli, sono io quel giovane e attraente spinosauro, e vorrei che mi aiutaste in una cosa. Condividete queste storie che ho raccontato a tutti quelli che incontrerete un giorno, e mostrate loro cosa si ottiene quando si segue il cuore e ci si avventura per i propri sogni! Non importa gli ostacoli o quanto sia lenta la strada, finché la curiosità vibra nel tuo cuore e sei fedele ai tuoi valori, puoi avere tutte le avventure che vuoi."."

Triceratops

Dinosauro quadrupede, erbivoro, vissuto durante il Maastrichtiano, tardo Cretaceo, in Nord America.

Fa parte della famiglia dei ceratopsidi ed è caratterizzato da un collare osseo semicircolare e tre corna.

Era lungo fino a 9 metri, alto 3 metri e pesava circa 8 tonnellate.

Aveva un cranio lungo fino a 2,30 metri, caratterizzato da un collare osseo che sporgeva all'indietro per proteggere la regione del collo e delle spalle, sormontato da due lunghe corna sopraorbitali e un terzo corno più piccolo situato sopra le narici, usato sia per difendersi dai predatori che nei combattimenti tra maschi.

I vantaggi di un buon cuore

C'era una volta nelle profondità della giungla un branco di triceratopi, tutti avevano la pelle scura e sulla testa avevano enormi corone a punta simili a una grande corona. Un giorno, mentre il capo del branco stava aspettando la sua prima figlia, accadde qualcosa di magico. Un piccolo triceratopo nacque diverso da tutti, e suo padre lo chiamò Miele.

Miele aveva una pelle bellissima e lucente come tutti gli altri del branco, ma il suo era un colore molto più chiaro. Man mano che cresceva, gli altri triceratopi la guardavano in modo diverso, e ogni volta che cercava di giocare con gli altri, questi scappavano via da lei.

Un giorno, mentre Miele stava raccogliendo del cibo con sua madre, le chiese: "Perché sono una mamma diversa?".

"Non sei diversa tesoro, guardati..." Indicando il riflesso del lago, la madre continuò, "...Hai una bella chioma a punta, dei begli occhi, e un buon cuore; sei proprio come tutti gli altri nel branco".

Miele si fissò e disse: "Ma la mia pelle è molto più chiara della tua. Tutti mi vedono con qualcosa di strano. Mi hanno anche preso in giro a scuola".

"Non sentirti male, tesoro. Molte persone hanno paura delle differenze. Devi solo far brillare il tuo buon cuore e tutto andrà bene".

Senza protestare, annuì, continuando con il suo compito. Mentre camminava verso il lago un piccolo e curioso triceratopo apparve tra i cespugli prendendo di sorpresa Miele; lei si voltò e lo guardò per qualche secondo, non ricordava di averlo visto nel branco, quindi sapeva che si era perso.

"Ciao! Ti sei perso piccolino?" Quando il ragazzino si accorse che Miele era un triceratopo come lui, la guardò con gli occhi spalancati, ma senza riuscire a dire una parola.

"Calmati, non aver paura. Anche io sono un triceratopo, solo che la mia pelle è diversa".

La bocca del ragazzino si spalancò come se fosse sorpreso di sentire ciò che Miele stava dicendo. In quel momento, un suono profondo si sentì in tutto il bosco. Il piccolo dinosauro si mise le mani sullo stomaco. Miele sorridendo, capendo cosa gli stava succedendo, allungò la mano offrendogli un ricco bouquet di frutti rossi.

"Ecco, questo può alleviare la tua fame. Sono deliziosi e i miei preferiti".

Il dinosauro si avvicinò con cautela, prese i frutti, lasciando che il loro delizioso odore lo convincesse del sapore, e infine, si sedette per mangiarli, sporcandosi tutto il viso.

"Non abbuffarti, altrimenti starai ancora più male, sono tutti tuoi!".

Il piccolo dinosauro sorrise nel sentirla e cominciò a mangiare lentamente. Dopo diversi minuti, si pulì e disse: "Grazie, per essere diversa sei molto gentile".

Ascoltandolo, Miele spalancò gli occhi per la sorpresa e annuì con la testa.

"Puoi parlare? Si, certo, puoi parlare sei già abbastanza grande!"

"Certo, il mio nome è Onu, e tu?"

"Io sono Miele. Vivo nel branco del nord".

Il ragazzino si guardò intorno come se volesse capire meglio il suo strano colore di pelle.

"Questo è sorprendente! Nel branco sono tutti come te? Io vengo dal branco del sud; credo di essermi perso, e avevo così tanta voglia di bere acqua che il suono della cascata mi ha portato qui".

Miele si lasciò andare a una risata quando sentì la domanda e, notando che il suo nuovo amico non capiva il motivo, disse: "Oh no, tutti nel branco sono come te. Hanno la pelle scura. Io sono l'unica diversa a causa della sfortuna".

Onu la guardò, arricciando le labbra.

"Quindi sono proprio come te".

"Di cosa stai parlando?"

Il dinosauro si girò come se stesse per andarsene, ma invece di camminare verso gli alberi, si sedette mostrando la schiena a Miele, che stupita disse: "Wow! Che bel colore di pelle! È quasi uguale alla mia".

La pelle di Onu sulla schiena era diversa; aveva un colore quasi simile a quello della pelle di Miele, solo che sembrava un bellissimo color dorato.

"Come hai fatto a scurire il resto del tuo corpo?"

"Non l'ho fatto. Da quando sono nata, la mia schiena è sempre stata così. Mia madre dice che, essendo diversa, posso essere qualsiasi cosa il mio cuore desideri. Molte volte mi diverto a pensare di avere dei superpoteri, e altre invece solo un triceratopo".

Entrambi scoppiarono a ridere e cominciarono a giocare tra gli alberi. Corsero senza sosta fino a quando un forte rumore li lasciò immobilizzati e silenziosi.

"Guarda chi abbiamo qui, una ragazza diversa con una nuova amica... l'hai vista, ragazzo? Non dovresti avvicinarti a lei. Può essere pericolosa".

Un gruppo di triceratopi dalla pelle scura apparve dai cespugli e si fermò davanti a loro. Onu, intimidito dalla grande stazza, si mise dietro Miele, che riconoscendo i ragazzi che la prendevano in giro, assunse una postura eretta.

"Non stiamo dando fastidio a nessuno, ragazzi. Lasciateci giocare con calma".

"Oh, la ragazza sa difendersi da sola. Che ne dite di questo..."

Uno dei triceratopi si avvicinò alla ragazza dalla pelle chiara e la spinse con forza con la sua corona, facendola cadere a terra.

"Non voglio problemi. Lasciateci in pace".

Il gruppo di triceratopi infastiditi scoppiò a ridere.

"Adesso piangi davanti al tuo amico? Perché non gli dici che è pericoloso giocare con te?"

Infastidita da come la trattavano, Miele si alzò rapidamente e si ricordò di ciò che le aveva insegnato il suo nuovo amico.

"Giocare con me non è pericoloso. Posso essere una di voi, se voglio".

Tutti risero. Tuttavia, Miele chiuse gli occhi infastidita e con i piedi accarezzava lentamente il terreno come se cercasse di guadagnare slancio. In quel momento, lasciò uscire un grande urlo, spaventando i triceratopi che la disturbavano.

Tutti scapparono via. Onu, sorpreso, la guardò e disse: "Wow! Da dove hai preso tutta questa forza?".

"Ho fatto solo quello che mi ha consigliato mia madre. Diventare quello che volevo essere, ed era un forte triceratopo del nord". Da quel momento Miele non ebbe più paura.

Centrosaurus apertus

Dinosauro cornuto vissuto nel Campaniano, Cretaceo superiore, in Nord America, circa 75 milioni di anni fa.

Centrosaurus

Questo dinosauro è ben noto perché in Alberta sono stati trovati veri e propri "letti di ossa" contenenti resti sparsi appartenenti a centinaia di individui di questo animale. Probabilmente branchi di centrosauri attraversavano i fiumi e venivano occasionalmente inghiottiti dalle inondazioni. Più tardi, predatori necrofagi, come troodontidi e dromeosauridi, mangiarono la carne, mescolando le ossa.

Il centrosauro è un grande dinosauro quadrupede cornuto, caratterizzato da un collo corto e un lungo collo nasale. Doveva assomigliare ad un moderno rinoceronte unicorno: l'appendice nasale era particolarmente allungata ed era a volte curva in avanti, altre volte indietro, altre ancora dritta o vagamente attorcigliata. Il collare era dotato delle due classiche finestre per l'inserimento dei muscoli del collo; probabilmente queste zone erano colorate in modo vivace. Ai bordi frastagliati del collare c'erano due ganci che andavano a coprire le zone delle finestre.

Recentemente è stata scoperta un'altra specie, C. brinkmani, caratterizzata da un particolare sviluppo delle piccole corna sopraorbitali e da un collare di forma insolita.

Il mio nuovo amico

Aslan era un centrosauro, amichevole, pieno di energia ed entusiasmo; aveva dei bellissimi occhi verdi e una fantastica corona sulla testa. Amava andare alla scuola dei dinosauri, anche se, molte volte, era spaventato da quanto potessero essere enormi i suoi compagni di classe. Ogni giorno la sua migliore amica, Daisy, lo accompagnava a pranzo e poi andavano a giocare al parco dei divertimenti.

Un giorno, mentre stava pranzando con Daisy nel loro posto preferito, un'idea brillante gli attraversò la mente.

"Che ne dici di andare a visitare i dinosauri nella valle?"

Daisy, felice di sentire la proposta del suo amico, rispose con entusiasmo. "Certo! È da molto tempo che non andiamo a visitarli".

Proprio allora, Tom, uno dei bambini più alti della scuola, sentendo i piani dei ragazzi, disse loro: "Dinosauro oltre gli alberi? Non dite bugie! Tutti sanno che i dinosauri sono solo vicino agli alberi".

Aslan e Daisy, infastiditi dalle prese in giro di Tom, si alzarono dai loro posti e andarono dritti verso il sentiero che portava direttamente a valle.

Mentre Tom li osservava da lontano, notò che entrambi ridevano senza sosta e, in pochi secondi, scomparvero lungo la strada, attirando la sua attenzione. Sorpreso, Tom corse verso gli alberi per andare a controllare, ma non ne trovò traccia.

Il giorno dopo i 2 amici si riunirono di nuovo nello stesso posto. Questa volta Aslan portò con sé un cesto con frutti rossi; Daisy cercava di convincerlo a condividere un po' del suo cibo, aveva proprio un bell'aspetto invitante e succulente. Lui disse solo: "Questi sono per i nostri amici, sai che tutti amano le bacche".

"Oh andiamo, solo un po' da assaggiare! Non ti lo chiederò di più" rispose lei

"Ok, prendine un po' dal cestino, ma solo un assaggio mi raccomando!" continuò lui ormai sfinito dall'insistenza dell'amica.

Felice di aver mangiato un boccone, Daisy sospirò e, insieme ad Aslan, tornarono sulla strada verso la valle. Questa volta, Tom si avvicinò a loro, continuando a seguirli di nascosto.

Dopo alcuni minuti, i centrosauri lasciarono la strada svoltando a destra ed entrando in alcuni cespugli con bellissimi fiori.

Tom, seguendoli, notò una luce intensa che quasi lo accecò, poi si fece strada tra i cespugli. Non poteva credere alla sua vista, una bellissima valle con dei dinosauri mai visti prima. Lui, pur essendo un centrosauro, non era solito credere che ci fossero altri dinosauri oltre a quelli che già conosceva. Rimase stupito e affascinato dalla vista che gli si presentava davanti.

Aslan e Daisy continuarono lungo il sentiero di fiori blu, salutando tutti i dinosauri intorno a loro.

"Salve! Vi abbiamo portato delle bacche. Sappiamo che sono le vostre preferite".

Alla fine della passeggiata, un suono familiare attirò l'attenzione di Aslan.

"Ehi, Daisy, hai sentito? Sembrava un centrosauro".

"Uhmm... sei sicura? Non ho sentito nulla".

"Non so, tipo il ringhio di Tom. Pensi che ci abbia seguito?"

Daisy scosse la testa, perché pensavano che a Tom piacesse solo prendere in giro i piccoli dinosauri, ma non gli piaceva esplorare come loro. Così, entrambi continuarono a camminare finché non raggiunsero un'enorme casa al centro della valle, dove tutti i dinosauri si incontravano per riposare.

Aslan corse verso l'ingresso, e un dinosauro dal collo lungo li accolse felicemente.

"Bentornati ragazzi! Sono bacche appena tagliate?" chiese

Aslan aprì il suo cesto e ne mostrò alcune al suo nuovo amico.

"Sono deliziose, venite. Benvenuti nella valle dei dinosauri".

I ragazzi entrarono, salutando tutti finché non si imbatterono in Brus, "Ragazzi, veniti i nostri amici sono tornati! Vi prego, ditemi che avete portato altra frutta". Domando con un sorriso pieno di aspettativa

Aslan, sorridendo, annuì e rispose: "Sappiamo che sono i tuoi preferiti, così abbiamo deciso di venire a trovarti e divertirci nella grande valle dei dinosauri".

Brus ne prese felicemente qualcuno tra i denti e li invitò nel giardino a riposare. Indicò una bella vista, e i tre si sdraiarono al sole per godersi il vento della grande valle.

Dopo qualche ora, molti dinosauri erano riuniti intorno a loro, così decisero di andare a giocare. La prima cosa che fecero fu fare una corsa.

"Il dinosauro che vince potrà fare il bagno nel fiume più a lungo degli altri".

Gridarono tutti con emozione, e Brus continuò: "Chi arriva agli alberi più alti più velocemente vince, ok?"

"Sì!"

Daisy e Aslan erano felicissimi, stavano giocando spensieratamente insieme ai loro amici ma, ogni volta che passavano vicino a dei cespugli, si sentivano osservati.

Così incuriositosi, Aslan chiese a uno dei dinosauri, il più furtivo, di dare un'occhiata in giro cercando qualcosa che non andava.

"Potresti aiutarmi a scoprire chi ci sta osservando attraverso gli alberi?".

"Certo amico, sono il più silenzioso di tutti qui, se voglio nessuno mi può sentire!"

Quando il grande dinosauro si avvicinò ai cespugli, un grido di aiuto fermò il suo cammino: "Aiuto! Aiutatemi, per favore! Non mangiarmi".

Aslan sentì le urla e corse da dove venivano guardando velocemente il posto. Con sua sorpresa, Tom stava piangendo tra i cespugli.

"Tom? Come sei arrivato qui?"

"Vi ho seguiti attraverso gli alberi. Ti prego, Aslan, aiutami. Non lasciare che quell'enorme dinosauro mi mangi".

"Non preoccuparti, è nostro amico".

Aslan lo incoraggiò ad alzarsi e lo invitò a seguirlo: "Benvenuto nella valle dei dinosauri. Qui vivono i dinosauri più grandi di tutta la giungla. Alcuni sono come noi, però le loro dimensioni sono molto più grandi e sono molto amichevoli.

"Davvero?"

"Sì, non avere paura di loro. Non vogliono farti del male".

"Santo cielo! Avevo molta paura; pensavo che potessero mangiarmi. Grazie per avermi salvato, Aslan. Non avrei dovuto prenderti in giro".

Entrambi si strinsero la mano, in segno di scusa, e il resto del pomeriggio tutti i dinosauri gustarono deliziosi frutti rossi nell'incredibile valle dei dinosauri.

Il giorno dopo, quando Tom, Daisy e Aslan tornarono a scuola. Raccontarono a tutti quanto fossero incredibili i dinosauri della valle. Nello stupore generale andarono tutti a visitarli e, alla fine della giornata, diventarono tutti grandi amici per la pelle.

Prenocephale

Dinosauro pachicefalo, vissuto in Asia (Mongolia) nel Cretaceo superiore, che poteva raggiungere una lunghezza di 2,4 m.

La testa di questo dinosauro era sormontata da una cupola bulbosa, la cui base era circondata da una serie di spine ossee e tubercoli.

Forse i maschi rivali combattevano a testate come le capre di oggi. Le femmine avevano probabilmente crani più piccoli e dalle ossa più sottili.

Come altri pachycephalosaurs, Prenocephale aveva grandi occhi e un fine senso dell'olfatto. Viveva nelle foreste, mangiando foglie e frutta.

Musica, colori e divertimento

Iver era un prenocefalo molto intelligente, gentile e divertente. Amava uscire nella giungla, ogni giorno faceva una passeggiata e andava in cima alla valle dei dinosauri per ascoltare la musica della giungla.

Un giorno, mentre camminava tra i cespugli, un suono magico fece vibrare le scaglie della sua testa con eccitazione, chiedendosi: "Cos'è questo suono?"

Curioso, chiuse gli occhi, per sentire meglio la provenienza, e seguì il suono della musica. Passo dopo passo la musica si faceva più nitida e chiara, camminò fino a raggiungere un posto dove la melodia si sentiva forte e distinta. Quando aprì gli occhi, si trovò in un bellissimo giardino, circondato da fiori multicolore, un profumo delizioso riempiva tutta l'aria, e tanti dinosauri felici stavano suonando alcuni strumenti musicali.

Stupito da quello che aveva davanti agli occhi, non esitò ad avvicinarsi al gruppo di dinosauri. Uno di loro lo guardò sorpreso fermando completamente la musica: "Chi sei e come sei arrivato qui?".

Iver, un po' nervoso, esitò a rispondere, ma, quando sentì lo sguardo di tutti su di lui, finalmente disse: "Mi chiamo Iver, sono un prenocephale della valle!".

"E come sei arrivato qui? Abbiamo fatto in modo che nessuno possa scoprirci" chiese uno di loro stupito

Iver fu sorpreso da ciò che sentì e rispose: "Stavo camminando nella giungla e il suono della musica mi ha guidato fin qui".

I dinosauri, che erano intorno a lui, aprirono gli occhi quando sentirono la sua voce, e, la maggior parte, scappò per nascondersi tra i cespugli.

"Aspettate! Perché se ne vanno e scappano?" chiese stupito

All'improvviso, un dinosauro dal collo lungo si mise accanto a Iver e disse: "Non farti intimidire da loro. Anche se sono più grandi, ti assicuro che hanno molta più paura di te che di noi".

"Si stavano nascondendo? Ma perché scappano?"

"Eh si, scappano e si nascondono! Nessuno nella giungla permette ai dinosauri di essere musicisti. Tutti odiano la musica, non è accettato dalle nostre mandrie e, se lo sapessero, si arrabbierebbero con tutti noi".

Iver non poteva credere che i branchi di dinosauri odiassero la musica, la melodia che aveva sentito pochi secondi prima era incredibile e bellissima.

"Ma, sei sicuro che la odino?" chiese con stupore

"Sì, non vogliono essere 'contagiati' dalla bella musica, così per suonare e divertirci lo abbiamo dovuto fare in segreto per anni".

Il prenocefalo annuì sentendo il dinosauro dal collo lungo.

"Se ci hai trovato, significa solo una cosa..." stava iniziando a parlare in tono molto preoccupato.

Nervoso, Iver lo interruppe e disse: "No, non potrei farvi del male, né parlare di quello che ho visto. A me piace molto la musica, ogni giorno raggiungo la cima della collina e mi siedo ad ascoltare la melodia della giungla".

Il dinosauro lo guardò con una smorfia di grazia e rispose: "Ah, ecco perché ci hai trovati, condividi lo stesso amore per la musica di tutti noi, noi 'dinosauri musicali'. Sai suonare qualche strumento musicale, Iver?"

Iver scosse la testa un po' triste "No, non ho neanche mai visto uno strumento musicale. Però mi basta chiudere gli occhi e la musica viene da me".

"Vieni allora, seguimi. Ho qualcosa da mostrarti".

I due camminarono tra i cespugli fino a raggiungere un'enorme grotta. Le pietre nella caverna sembravano magiche; erano scintillanti e avevano vari colori. Una volta entrati, una luce brillante apparve dal fondo della grotta inondando la vista di entrambi. In pochi secondi, riapparvero in un luogo completamente diverso. Iver, osservando tutto ciò che lo circondava, chiese: "Dove siamo ora? Non ero mai stato in questa parte della giungla!".

"Siamo nel lato magico. È da qui che provengono gli amanti della musica. La natura ha il compito di darci i nostri strumenti, quindi vediamo qual è il tuo".

Camminarono entrambi lungo un sentiero tortuoso e pieno di rocce lucide. Dopo alcuni minuti, apparve davanti a loro una cascata viola con spruzzi d'acqua argentei, una splendida melodia inondò le orecchie di Iver che ascoltava estasiato.

"Oh, bellissimo, che cos'è? Questa melodia è bellissima".

"La senti? Lo sapevo! Tu sei uno di noi, e la giungla non sbaglia mai".

Immediatamente, il dinosauro dal collo lungo invitò Iver ad entrare nella cascata. Quando uscì, apparve con un violoncello in mano.

"Incredibile! Ma... come faccio a sapere se posso suonare questo strumento?".

"Non aver paura Iver. La giungla non sbaglia mai. Chiudi gli occhi e fidati della musica".

Nervoso fece quello che gli chiese l'amico. Chiuse lentamente gli occhi e, appoggiando con cura le mani sullo strumento musicale, fece un respiro profondo e quando lo rilasciò, iniziò a suonare.

Proprio allora, una bella melodia jazz cominciò a inondare tutto il luogo, le piante intorno a lui cominciarono a ballare. Il dinosauro dal collo lungo era sorpreso di quanto fosse bravo Iver, così iniziò a cantare a squarciagola. Alla fine disse: "Wow, sei incredibile! I ragazzi dovrebbero ascoltarti, andiamo facciamoglielo vedere".

Iver annuì ed entrambi tornarono al gruppo di dinosauri.

"Ragazzi! So perché è riuscito a trovarci!"

Tutti i dinosauri spalancarono gli occhi alla vista di Iver con un violoncello in mano, bello come tutti gli strumenti della giungla. Nervosamente si mise in mezzo a tutti, chiuse di nuovo gli occhi, e dalle sue mani uscì una melodia incredibile. I dinosauri seguirono il ritmo, lasciando che tutto lo spazio intorno a loro si illuminasse.

Iver ebbe una grande idea, mentre poteva vedere i colori e le note musicali nell'aria.

"E se mostrassimo a tutta la giungla quanto è meravigliosa la musica?"

Alcuni dei dinosauri dubitavano, ma il dinosauro dal collo lungo, vedendo l'emozione di Iver, disse agli altri: "Mai prima d'ora un dinosauro come Iver ci ha scoperto. E se questa volta la nostra musica piacesse ad altri dinosauri?".

Ne parlarono tutti insieme e alla fine, anche se con timore, tutti accettarono la sua proposta.

Contentissimo Iver corse nella giungla per chiamare tutti i dinosauri che potevano sentirlo "Venite, forza, non abbiate paura. Oggi scoprirete la musica della giungla, è qualcosa di eccezionale che vi riempirà il cuore e l'anima! Su forza, da questa parte!".

Dinosauri di varie razze e dimensioni si stavano avvicinando grazie al richiamo di Iver. Erano tutti incuriositi e parlottavano tra di loro aspettando impazienti quello che sarebbe successo di lì a beve.

Improvvisamente i dinosauri musicali apparvero dal nulla, fecero un saluto, un inchino poi iniziarono a suonare. Un'incredibile melodia iniziò ad uscire dagli strumenti insieme a una luce splendente che disegnava sugli alberi forme dai colori meravigliosi.

Il concerto fu un grande successo, gli applausi durarono tantissimi minuti e molti chiesero il bis. Da quel giorno in poi, tutti i dinosauri iniziarono ad amare la musica, e tanti concerti venivano indetti tutte le settimane per poter deliziare l'anima e il cuore di tutti.

Iver capì che non bisogna mai arrendersi, ma seguire sempre i propri sogni e i propri desideri.

.

Stegosaurus

Dinosauro erbivoro appartenente agli ornitischi; dà il nome al gruppo degli stegosauri e alla famiglia degli stegosauridi.

Stegosaurus

Visse in America del Nord nel Giurassico superiore.

Lo stegosauro era lungo in media 6 - 9 metri, alto circa 4 metri e pesante 5 tonnellate.

Era quadrupede e portava sul suo lungo collo, sulla schiena e sulla coda una serie di piastre ossee alte fino a 1 metro, che formavano una linea alternata lungo la colonna vertebrale.

Alcuni fossili provano che queste strutture si intersecavano in alcuni punti.

Forse queste placche servivano come unità di termoregolazione e forse anche come deterrente per i predatori. Nella parte finale della coda, aveva una struttura chiamata "thagomizer" con quattro aculei che veniva utilizzata, sicuramente per difendersiQuesto dinosauro aveva un cervello piccolo come una noce, ma al bacino, la colonna vertebrale era dotata di uno spazio allargato che forse conteneva un ganglio nervoso che regolava i movimenti dei quarti posteriori.

Lo stegosauro era erbivoro e possedeva una singola fila di denti deboli, a forma di foglia. Probabilmente si nutriva di felci e piante basse, a circa un metro da terra.

Perso tra gli alberi

In una città lontana, viveva uno stegosauro curioso, amichevole e allegro. Il suo nome era Rocco. Aveva pinne rosse su tutta la schiena; i suoi occhi erano blu e la sua pelle era verde come l'erba.

Un giorno, mentre stava facendo colazione con i suoi amici stegosauri, uno di loro disse: "Domani farò un'escursione in montagna. Qualcuno vuole venire con me?".

Tutti si guardarono, ma nessuno voleva accettare l'invito. Rocco però sapeva che questa gita era molto importante per il suo amico, così rispose senza pensare: "Mi piacerebbe venire con te, Dan. Sarà divertente ed emozionante conoscere la giungla e i suoi abitanti. Su quali montagne andremo?".

Dan rispose eccitato: "Alla montagna dei dinosauri. È la montagna più misteriosa che esiste in tutto il mondo. Ha sculture di antichi dinosauri e alcuni disegni sulle pareti che raccontano la storia di come siamo venuti al mondo".

"Forte! Ma... cosa dobbiamo portare con noi per fare un'escursione?"

Lo stegosauro lo guardò confuso, come se Rocco avesse fatto una battuta, ma, notando che era serio, gli rispose subito: "Non sei mai andato a fare un'escursione? È facile! Dobbiamo solo portare dell'acqua, delle corde, del cibo, una torcia e tanta voglia di camminare. Hai tutto questo?".

"Certo, allora non ci dovrebbero essere problemi" accettò Rocco. Quando tutti finirono di mangiare, Dan disse al suo amico: "Ci vediamo domani all'ingresso della città. Ricordati di prendere tutte le tue cose".

Lo stegosauro non era mai andato a fare un'escursione, quindi andò subito al negozio a comprare tutto quello che gli serviva.

"Salve, potrei avere delle corde e una torcia, per favore?"

Il dinosauro che frequentava il negozio ascoltandolo rispose: "Certo, vuole fare un'escursione signore?".

Rocco annuì e chiese con curiosità: "E tu sei mai andato in escursione? Potrebbe servire qualcos'altro?".

Il dinosauro, arrossendo alla domanda, affermò e infine raccomandò il suo nuovo amico "Dovresti prendere dei biscotti, delle barrette di cereali e della frutta per la gita. Fa sempre molto caldo, quindi dovresti mangiare cose leggere".

"Grazie mille, è stato molto gentile!" ringraziò

Lasciando il negozio, Rocco andò a casa a preparare tutto per il viaggio dell'indomani.

Il giorno dopo, la luce del sole svegliò lo stegosauro da un sonno profondo. Con molta energia, Rocco si alzò dal letto e andò direttamente a preparare il suo zaino. Dopo qualche minuto il suono del campanello rimbombò in tutta la casa.

Lo stegosauro corse alla porta, imbattendosi nel suo amico Dan: "Ciao, Rocco, pronto per l'escursione? Mia madre ci ha data la torta di mele per il viaggio".

"Certo Dan, fammi solo prendere il mio zaino e sono fuori".

Lo stegosauro annuì, aspettando Rocco alla porta.

Una volta usciti di casa, entrambi cantarono canzoni divertenti per godersi il paesaggio e il viaggio.

"Il cielo è blu, le rose sono viola, e le montagne aspettano l'arrivo dei viaggiatori...là là là...."

Durante la gita si guardavano sempre intorno, rimanendo estasiati dalla bellezza del luogo; la giungla era affascinante, la rugiada del mattino rendeva l'aria rinfrescante e i colori dei fiori e delle piante erano sempre più brillanti. In lontananza si sentiva il canto di tanti uccelli e lo scrosciare del ruscello.

"Non ero mai venuto da questa parte della giungla; mi aveva sempre spaventato" iniziò Rocco

Dan scoppiò a ridere e alla fine rispose: "Non ti nego che spaventava anche me! Quest'anno però mi sono fatto una promessa! Di non farmi dominare dalle mie paure, affrontarle e sconfiggerle! Certo che se non venivi anche tu, forse non sarei venuto da solo, e per questo ti ringrazio" disse abbracciandolo

Rocco annuì, sapendo che la migliore compagnia che potesse avere per un'escursione nella giungla era il suo amico Dan. Entrambi fecero il giro delle grandi cascate, attraversando il fiume del grande canyon, e, mentre avanzavano nel loro viaggio, le montagne dei dinosauri potevano essere viste ancora più vicine.

"Dan! Le montagne sono vicine!"

Con cautela, entrambi gli stegosauri stavano camminando lungo il bordo della cascata quando Rocco scivolò cadendo in un enorme buco. Dan, notandolo, urlò: "Rocco! Stai bene?"

"Sì, ma credo di essere diventato cieco perché tutto è completamente buio. Ti sento, ma non ti vedo".

Dan preoccupandosi per il suo amico, cercò di cadere nello stesso posto e urlò di nuovo: "Fatti da parte! Arrivo a prenderti!".

Dan saltò giù nello stesso buco di Rocco.

"Oh, non hai perso la vista, è tutto completamente buio. Dobbiamo tirare fuori le torce". Presero le torce, le accesero e … luce fu! "Hai visto, tutto risolto" continuò Dan

Entrambi illuminarono rapidamente la strada. Con loro sorpresa si trovarono in una grotta completamente diversa dalle loro aspettative, qui le rocce erano molto particolari e non avevano niente a che fare con quelle che avevano visto fuori. Sulle pareti, c'erano disegni di dinosauri di varie razze e specie e sembravano raccontare la storia dell'inizio del tempo. Quando Rocco li vide, disse rapidamente: "WOW, Penso che abbiamo trovato la grotta della montagna dei dinosauri".

Dan si guardò intorno, aprì la bocca e alla fine disse: "Si, hai ragione, vieni continuiamo, questo sentiero va dritto al centro della montagna!".

Entrambi camminarono lentamente attraverso la grotta, scrutando e osservando ogni dettaglio dei disegni sulle pareti e sentendosi felici per la loro incredibile scoperta.

"I miei genitori non ci crederebbero se dicessimo loro come siamo arrivati qui. Sicuramente neanche loro hanno mai visto questi bellissimi disegni di dinosauri".

"Ehi Dan, ma è normale che i nostri piedi comincino a bagnarsi?"

Rocco illuminò il terreno con la torcia, e lo stegosauro, che venne al suo fianco, si accorse che stava succedendo qualcosa di strano.

"Credo di no, forse la cosa migliore da fare è camminare via velocemente".

Proprio in quel momento, un forte suono sembrò inondare l'intera caverna. I due amici rimasero fermi per scoprirne la provenienza, quando, improvvisamente, un grande fiume d'acqua si schiantò contro i loro corpi, travolgendoli e portandoli fino alla fine della grotta. Entrambi caddero in una profonda laguna facendo un salto di svariati metri.

Uscendo dall'acqua, Rocco e Dan guardarono in alto e videro la più bella statua di stegosauro che avessero mai visto.

"Ce l'abbiamo fatta! Siamo nella montagna dei dinosauri!"

Fecero felicemente il giro di tutto il posto, dettagliando le splendide sculture che erano intorno a loro. Le statue rappresentavano tutte le specie di dinosauro e la loro evoluzione, era uno spettacolo unico che solo in pochi riuscivano a vedere. I due amici erano molto emozionati e persero il senso del tempo. Quando fu il momento di tornare, Dan disse a Rocco: "Sei il miglior amico che possa esistere, grazie per esserti unito a me".

"Grazie a te, sono felice di averti accompagnato! E' stata una gita stupenda!"

Da quel momento in poi, Dan e Rocco andarono in escursione tutte le settimane, divertendosi e facendo grandi scoperte. La loro passione continuò e da adulti divennero i due archeologi più famosi tra i dinosauri.

Ankylosaurus magniventris

Dinosauro erbivoro, vissuto nel tardo Cretaceo, circa 80 milioni di anni fa in Nord America e Bolivia.

Ankylosaurus

Fu uno degli ultimi dinosauri viventi al tempo della grande estinzione di massa, tra il Mesozoico e il Terziario.

I dinosauri del genere Ankylosaurus erano i più grandi degli anchilosauri: pesavano da 4 a 7 tonnellate e raggiungevano circa 11 m di lunghezza.

Le zampe erano corte, più lunghe di quelle posteriori, e i piedi avevano cinque dita ciascuno.

Il cranio piatto e triangolare era molto spesso, quindi il cervello doveva essere piuttosto piccolo.

La famosa parte terminale della coda era costituita da diversi osteodermi fusi insieme e saldati all'ultima vertebra caudale. La clava ossea che si formava in questo modo era molto pesante, per cui era sostenuta nei suoi movimenti da sette vertebre situate nella parte finale della coda, poste a distanza ravvicinata tra loro e formanti un cordone osseo. Sembra che fosse usata dall'anchilosauro come metodo di difesa attiva, capace di provocare un impatto devastante sulle ossa di eventuali predatori. La pelle dell'anchilosauro conteneva massicce placche ossee chiamate osteodermi, come i coccodrilli, gli armadilli e alcune lucertole. Alcune di queste placche formavano piccole sporgenze, altre erano fuse sul cranio formando corna, e alcune.

Un posto da esplorare

Molti milioni di anni fa, in una parte della foresta più lontana, viveva Domi. Era un curioso anchilosauro; aveva un grande carapace, con piccole corna che lo coprivano tutto. Domi passava giorno e notte ad osservare la natura insieme al suo branco.

"Mamma?"

"Dimmi, tesoro".

"Le piante hanno ovunque lo stesso sapore?".

La madre cercò di rispondere, ma una strana voce rispose tra gli alberi: "Certo che no!".

La madre del piccolo Domi e lui si voltarono verso il luogo da cui proveniva la voce e, in quell'istante, apparve un altro dinosauro, grande quasi quanto Domi. Aveva un lungo collo e alcuni artefatti negli occhi.

"Ho dei lontani cugini dall'altra parte della valle. Dicono che gli alberi con i frutti rossi hanno un sapore migliore, solo che le foglie sono molto alte".

Incuriosito dai manufatti nei suoi occhi, Domi aprì la bocca per dire qualche parola per saperne di più.

"Cosa..." Puntando le zampe sugli occhi, il dinosauro dal collo lungo rispose come se potesse leggergli nel pensiero.

"Questo? E' il mio binocolo. Sono due piccole pietre trasparenti ricoperte d'acqua. Ci sto ancora lavorando, sono ancora da perfezionare, quando passo molto tempo alla luce del sole, l'acqua scompare e non posso più usarlo. Comunque è un piacere. Mi chiamo Angus".

La madre di Domi, ascoltando incuriosita il dinosauro, curvò l'angolo della bocca e, guardando il figlio, disse: "Credo che tu abbia un nuovo amico. Tutti noi saremo a nord della cascata entro sera, cerca di non fare tardi".

Domi sorrise e rivolse la sua attenzione al suo nuovo amico, che sembrava cercare qualcosa tra i cespugli.

"Cosa stai facendo?"

Il dinosauro dal collo lungo aveva il binocolo puntato a terra e, dopo alcuni secondi, alzò lo sguardo verso l'anchilosauro.

"Sto cercando delle piccole creature, molto più piccole di noi".

"E come fai a essere così sicuro che esistano?".

Sorpreso dalla domanda, si mise una zampa sul petto come se il dolore gli avesse attraversato il petto.

"Come fai a pensare di no? Guardati intorno. Ci sono molte cose da scoprire".

In quel momento Angus urlò "Oh no, devo andare alla cascata a prendere l'acqua per le mie pietre!" poi sparì rapidamente tra gli alberi.

Domi lo seguì di corsa "Ehi, non dovresti lasciarmi qui da solo! Per essere un collo lungo, sei molto veloce".

Mentre correva tra gli alberi, tutto intorno a lui assumeva un colore diverso. Domi poteva vedere piccoli movimenti sulle foglie così si fermò improvvisamente a guardare. Sulle piante, c'erano piccoli animali che camminavano in diverse direzioni, tuttavia, la maggior parte di loro si dirigeva verso nord. In silenzio, il dinosauro iniziò a seguirli quando, improvvisamente, si scontrò con Angus "Ahi!

"Tu! Hai trovato i piccoli! Ma come hai fatto?"

"Ho solo cercato di seguire voi poi, quando mi sono perso, li ho trovati e li ho seguiti".

Con un'espressione pensierosa, l'altro dinosauro lo osservò attentamente con il suo binocolo.

"Mi piaci, Domi! Ti piacerebbe andare ad esplorare la valle con me?".

Il sorprendente piccolo anchilosauro aprì gli occhi e rispose con un ampio sorriso: "Sì!"

Mentre camminavano nel bosco, Domi chiese al suo amico: "Qual è stato il posto più lontano che hai visitato?"

Il dinosauro dal collo lungo rimase in silenzio per qualche secondo come se cercasse di ricordare, "La verità è che ho visitato solo i miei cugini dall'altra parte della valle, ma quando sarò grande voglio visitare tutti i branchi di dinosauri dal collo lungo, e tu? Che posti hai visitato?".

Domi, con un'espressione triste, guardò il terreno sotto i suoi piedi: "I branchi di anchilosauri di solito non vanno oltre le cascate. Noi mangiamo solo dagli alberi bassi. Quelli che non hanno un buon sapore".

Angus rise. "Oh no! Sono le piante peggiori; hanno un sapore fangoso, e se si trovano vicino alla riva del lago, è molto peggio".

C'era una buffa espressione di disgusto sul suo volto, così Domi poté solo ridere senza sosta.

"Pensavo che non avrei mai potuto dirlo a nessuno. Nella mia famiglia, tutti li mangiano senza protestare e con gusto."

"Non avere paura di pensare in modo diverso. Molte volte, tutti lo pensano, ma nessuno lo dice per paura di essere giudicati o vergogna. Ma queste sensazioni sono solo momentanee.

L'importante è non prendere in giro le altre persone e rispettarle".

Dopo una lunga camminata, entrambi raggiunsero la grande valle. Il posto era un po' più caldo, le foglie degli alberi avevano un colore più appariscente, e gli altri dinosauri che stavano mangiando li guardavano con la coda dell'occhio, come se li ignorassero in silenzio.

"Non preoccuparti Domi. La maggior parte dei dinosauri di questo posto viene a mangiare in silenzio. A loro piace la brezza rinfrescante".

Entrambi cominciarono a correre per la valle, giocando ad essere altri dinosauri, tra risate e grida. Dopo un paio d0ore di gioco erano sfiniti e presero posto per riposare. Dopo aver emesso un profondo sospiro, Domi disse: "Mi piacerebbe poter esplorare tutta la foresta; è meraviglioso".

Il suo amico curvò le labbra, ma prima che potesse dire qualcosa un forte suono riempì tutta la valle. Domi si mosse molto velocemente e, con un salto, seppellì il suo corpo nel terreno, lasciando solo il suo guscio in superficie. Dopo alcuni secondi, finito lo spavento, uscì lentamente dal terreno. "Angus? Stai bene?" chiese preoccupato

Intorno a lui, diversi dinosauri lo stavano guardando, e quando si alzò, notò che un albero gli era caduto addosso. La sua mente non poteva che pensare al suo amico, e quando aprì gli occhi, lo vide un po' spaventato, ma con un sorriso sul volto.

"Un grosso albero è caduto, se non fosse stato per il tuo guscio, ci avrebbe schiacciato entrambi. Grazie!"

Sorpreso, Domi lo abbracciò e Angus disse: "Che ne dici di andare a trovare i miei cugini? Siamo molto vicini a casa tua".

"Certo!"

Da quel momento, Domi e Angus furono migliori amici, esplorando ogni giorno di più la grande foresta tra giochi, risate e tanto divertimento.

Iguanodon

Grande erbivoro semibipede, lungo fino a 10 metri e alto 4 metri, appartenente all'ordine degli Ornitischi, sottordine Ornitopodia.

Iguanodon

Il suo nome significa "dente di iguana", a causa della presunta somiglianza tra i suoi denti fossili e quelli degli attuali sauri americani.

Animale prevalentemente quadrupede, che si muoveva attraverso le pianure in cerca di cibo e solo in caso di necessità ricorreva a spostamenti veloci con un'andatura bipede.

Possedeva due pollastre sulle zampe anteriori, che servivano per difendersi.

Il "mignolo" era prensile, mentre le altre tre dita terminavano con unghie a forma di zoccolo, utili per muoversi a quattro zampe.

La testa allungata era forse dotata di una lunga lingua prensile. Le zampe posteriori, potenti e robuste, avevano tre dita, anch'esse dotate di zoccoli.

La lunga coda, rafforzata da tendini ossificati, era tenuta fuori dal terreno per controbilanciare il peso del corpo.

Le due specie più conosciute sono Iguanodon bernissartensis, grande e robusto, e Iguanodon atherfieldensis, più piccolo e con vertebre dorsali leggermente allungate.

Pascolavano nella grande pianura alluvionale conosciuta come il Weald, che allora comprendeva gran parte dell'Europa occidentale

Un'avventura attraverso la galassia

Kevin era un iguanodonte speciale. Sognava di poter viaggiare per tutta la galassia, far parte della pattuglia stellare dell'universo e poter così aiutare qualsiasi essere vivente in pericolo. Nonostante fosse uno dei dinosauri più coraggiosi, ogni volta che aveva l'opportunità di accompagnare i dinosauri in nuove avventure nello spazio, gli dicevano: "L'anno prossimo ti unirai a noi".

Una mattina, i genitori di Kevin stavano facendo colazione quando un forte rumore li interruppe. Sua madre andò alla porta per vedere cosa stava succedendo. Quando la aprì, un iguanodonte alto, con un vestito bianco e molte stelle puntate sul petto, apparve davanti a lei.

"Buongiorno, sono il capitano della stazione stellare dei dinosauri. C'è Kevin?"

La signora Iguanodon era sorpresa e chiese: "Perché state cercando mio figlio?".

"Ogni anno riceviamo una richiesta da parte di suo figlio per andare nello spazio con gli altri dinosauri intergalattici, ma non è mai riuscito a partecipare. In questi giorni sono state aperte le iscrizioni per un viaggio su Marte e speriamo che suo figlio possa compilare la domanda e partecipare".

Sentendo il capitano, la madre di Kevin prese i fogli e tornò in sala da pranzo. Chiamò suo marito e gli spiegò quello che era appena successo. Dopo una lunga chiacchierata, decisero di compilare il modulo d'iscrizione e di inviarlo al campo a nome del figlio, poiché erano convinti che fosse giunto il momento per Kevin di realizzare il suo sogno di viaggiare per la galassia.

Passarono i giorni in attesa della tanto agognata risposta alla richiesta di partecipazione. Con sorpresa di tutti, un pomeriggio, mentre Kevin stava facendo merenda con i suoi genitori, il suono della porta attirò la loro attenzione. Una lettera rapidamente scivolò sotto la porta. L'iguanodonte corse a vedere, prese la busta e, aprendola, la lesse con molta attenzione.

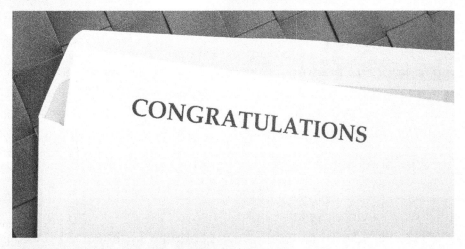

"Congratulazioni signor Kevin Iguanodont. Lei è stato selezionato per viaggiare su Marte".

Kevin non poteva credere a quello che stava leggendo, e quando guardò i suoi genitori, avevano enormi sorrisi sui loro volti.

"Cosa c'è, tesoro? Cosa dice la busta?"

"Andrò su Marte con i dinosauri spaziali! Ma come è successo?"

I suoi genitori si scambiarono uno sguardo e suo padre rispose: "È ora che tu conosca lo spazio, tesoro. Hai sempre voluto proteggere gli esseri della galassia. Sei anche un buon dinosauro e ci aiuti sempre. Quindi, questa volta vogliamo aiutarti a goderti le stelle. Non lasciare che la paura si impadronisca di te. Sei un dinosauro molto coraggioso".

Kevin annuì, ringraziandoli per quello che avevano fatto, e corse velocemente nella sua stanza. Eccitato, sistemò il suo bagaglio e cominciò a preparare tutto ciò di cui aveva bisogno.

La mattina dopo, prima dell'alba, Kevin era sveglio sul bordo del suo letto, eccitato e pronto a partire. Quando arrivò il momento, un brivido percorse tutto il suo corpo, facendolo tremare completamente. Sua madre, vedendolo, si avvicinò e disse: "Non avere paura, sicuramente ci sono molti esseri là fuori che vorrebbero incontrarti".

Le parole di sua madre calmarono la paura di Kevin, facendogli fare un respiro profondo. Il coraggioso iguanodonte aprì la porta, e il capitano apparve, salutando Kevin: "Che gioia avere un iguanodonte nella squadra! È arrivato il momento di partire".

L'iguanodonte abbracciò i suoi genitori, salutò il capitano e lo accompagnò alla stazione spaziale.

All'arrivo, Kevin rimase stupito da tutto ciò che lo circondava, dai dettagli di tutte le navi, dalle centinaia di dinosauri diversi che c'erano e dalle incredibili tute spaziali che avevano.

Il suono acuto di una forte tromba attirò l'attenzione di tutti, e una voce profonda si sentì tra i dinosauri.

"Benvenuti alla stazione stellare. Da oggi in poi, saprete tutto sulla galassia. Se riuscirete a superare tutti gli esami, alla fine dell'addestramento potrete viaggiare su Marte. Quindi, senza altre parole, prendete le vostre cose, andate nelle vostre stanze, e quando sentite la tromba dovete tornare qui".

Tutti i dinosauri, sentendola, risposero contemporaneamente: "Capito, signore!".

Kevin prese le sue cose e si diresse rapidamente verso la camera da letto. All'ora concordata, tutti tornarono all'ingresso della stazione spaziale, e i dinosauri astronauti mostrarono loro tutto ciò che dovevano sapere per iniziare l'addestramento.

I primi giorni, Kevin seguì delle lezioni speciali sulla natura degli altri pianeti, in altre lezioni gli mostrarono ogni dettaglio della galassia, e poi fecero delle simulazioni di cammino attraverso la giungla per insegnargli ad esplorare i nuovi mondi. Così i dinosauri si divisero in gruppi, ognuno dei quali aveva un compito preciso per fare la mappa della zona. Il gruppo di Kevin era composto da quattro dinosauri, proprio come lui.

I quattro presero il sentiero sud-est della giungla. Mentre avanzavano ognuno aveva un compito specifico e speciale, uno disegnava tutti gli alberi che vedeva, un altro era davanti per aprire la strada, uno in coda e, quello più agile, aveva il compito di guardare la loro posizione dall'alto. Così si arrampicò sulla cima degli alberi per capire dove fossero. Il dinosauro in coda, rimanendo estasiato da un fiore mai visto, inciampò su una roccia e cadde in una profonda grotta.

"Aiuto! Ragazzi aiuto!"

Kevin fu il primo a sentire le urla del suo nuovo amico, si lanciò a cercarlo dappertutto finché non notò il grande buco nel terreno.

"Ragazzi! Ho bisogno di aiuto!" i richiami provenivano proprio da li

Kevin chiamo gli altri due che si avvicinarono al grande buco. Cercarono di tranquillizzare l'amico pensando al modo migliore per poterlo tirare fuori. Nessuno aveva un'idea per aiutarlo e iniziarono a preoccuparsi.

"Dobbiamo tirarlo fuori di lì velocemente. Sta arrivando la notte, e non possiamo rimanere in questa parte della giungla".

A quel punto Kevin iniziò a guardarsi intorno e gli venne un'idea brillante. Con le mani, prese una liana caduta e incaricò uno degli iguanodonti di aiutarlo. Con attenzione, la infilò nel buco e disse al suo amico: "Afferrala con forza e non lasciarla".

Kevin e gli altri due iguanodonti cominciarono a tirare la corda e, con un notevole sforzo, riuscirono finalmente a tirar fuori il loro amico che, felice come non mai, iniziò a ringraziarli, per averlo salvato, saltandogli al collo.

Da quel momento in poi, i quattro iguanodonti divennero grandi amici e divennero la miglior squadra spaziale di sempre.

Quando finirono il loro addestramento, viaggiarono per tutta la galassia aiutando tutti gli esseri che erano in pericolo e, finalmente, Kevin realizzò il suo sogno.

Qualche curiosità sulle uova di dinosauro

I buchi nel terreno.

I dinosauri per difendere meglio le uova le tenevano tutte in un'unica grande buca coperta di terra e foglie. Per costruire i nidi scavavano buchi nel terreno. A Auca Mahuevo, in Argentina, sono stati trovati nidi e uova di Saltasaurus: in ogni nido c'erano 25 uova lunghe circa 12 centimetri.

La montagna di uova

Nel 1978 nel Montana, USA, fu trovata una grandissima quantità di nidi con uova fossili e cuccioli di Maiasaura, tanto che la località fu ribattezzata egg mountain: i nidi erano costruiti con fango, avevano un diametro di 2 metri e ospitavano fino a 30 uova, di 20 centimetri ciascuna. Le uova erano ricoperte di foglie e i cuccioli alla nascita, grandi solo 35 centimetri, venivano nutriti dai genitori. Maiasaura significa rettile di buona madre.

Il primo nido trovato

Il primo nido di dinosauro fu trovato nel sito dello scheletro di Protoceratops. Solo dopo alcuni anni, nel 1933, l'embrione fossilizzato fu esaminato all'interno di un uovo, e si scoprì effettivamente che erano uova di Oviraptor. Quelle di Protoceraptos non sono state trovate.

.

5 Interessanti fatti sui vulcani

1 - QUANTI VULCANI ATTIVI CI SONO SULLA TERRA?

Ci sono circa 1.300 vulcani ancora attivi sulla Terra.

2 - QUANTI SONO I VULCANI SOTTOMARINI?

Nel mondo ci sono circa 6.000 vulcani che si trovano sotto il livello del mare. Queste grandi formazioni geologiche sono pericolose perché molto spesso sono ancora attive.Il più grande vulcano sottomarino è il massiccio Tamu, alto circa 4 km, largo 650 e con una superficie di 310 mila km quadrati, quasi quanto l'Italia.Il suo vertice si trova quasi duemila metri sotto il livello del mare (per questo è stato scoperto solo nel 2013!) Ed è inattivo da oltre 140 milioni di anni.

3 - QUAL È STATA LA PIÙ GRANDE ERUZIONE DELLA STORIA?

Questa è una domanda molto difficile a cui rispondere, perché la tecnologia per misurare la potenza delle eruzioni esiste solo da pochi secoli.

Finora, però, la più grande eruzione della storia è considerata quella del vulcano Tambora, avvenuta nel 1815 sull'isola di Sumbawa, in Indonesia. Questo vulcano rilasciò milioni di tonnellate di cenere nell'atmosfera che cambiò il clima: l'anno seguente, in tutto il mondo, non ci fu estate!

4 - LA CROSTA TERRESTRE È COMPOSTA DA ROCCE VULCANICHE?

Sì, circa l'80% della crosta terrestre (in superficie e sott'acqua) è composta da materiale di origine vulcanica.

5 - QUAL È LA NAZIONE CON PIÙ VULCANI AL MONDO?

La nazione con più vulcani al mondo è l'Indonesia. Questo paese asiatico, infatti, ha 147 vulcani, di cui 76 sono ancora attivi

Conclusioni

Spero che questo libro vi abbia aiutato ad avere molte notti di un sonno meraviglioso e pieno di sogni fantastici.

Ricorda: una buona notte di sonno è una parte importante per svegliarsi sentendosi rinfrescati e pronti per una grande giornata.

La meditazione non serve solo per dormire! Se ti senti sopraffatto, arrabbiato, stressato o anche triste, puoi sempre usare le importanti abilità di meditazione che hai imparato proprio qui in questo libro.

Per esempio, la prossima volta che ti senti arrabbiato, prova a usare un'utile meditazione di respirazione.

Queste abilità ti aiuteranno in molti modi nella vita, quindi assicurati di continuare a praticarle!

Ti auguro una vita felice e piena di tante gioie!

Made in the USA
Monee, IL
19 June 2022

98241205R10181